@小說

青春・純愛・物語

市川拓司
Ichikawa Takuji

戀愛寫真

恋愛写真 もうひとつの物語

涂愫芸—譯

她是個放羊的孩子。

每次她撒謊時，我都會提高警覺，可是，當我徹底忘了這回事時，又會被她的謊言所騙。

例如，我忘了是什麼時候，她曾經這樣對我說：

『你最好小心一點哦。』

『小心什麼？』

『這世上，每五個人中就有一個人是超能力者。』

『真的嗎？』

『真的啊，我確認過了。』

『怎麼確認？』

『很簡單啊，』她說：

『只要你覺得可疑，就走到那個人面前，不要說出口，在心裡想著「啊，你肩膀上有蜘蛛」。如果那個人露出驚慌的神色，那麼，他就是超能力者。』

『說得有道理。』

『當你在擁擠的人群中這麼做時，會驚訝地發現，周遭有很多人會慌張地看自己的肩膀，真的很恐怖呢。』

被她這麼一說，我還真的擔心了起來。

『不瞞你說，那個由香也是超能力者。』

『真的嗎？』

『嗯，真的，你可以確認看看。』

而我，也真的蠢到照她的話去做。我在心裡想『妳肩膀上有蜘蛛！』但是，她當然沒有反應。有段時間，我碰到人就會一再做這個動作，可是，起碼在我周遭，似乎沒有半個超能力者。

我並不是那種會完全相信的爛好人，可是，還是照做了，這是不爭的事實。就這點來說，我是太天真了。

她問我：『結果如何？』所以，我回她：『我根本沒有去確認過。』

她用質詢的眼神看了我好一會，然後微微一笑，用訓誡般的口吻溫柔地對我說：

『要撒謊也要撒得有技巧點。』

總之，就像這樣，我老是被她的謊言騙得團團轉。

＊

跟她的第一次邂逅，要回溯到十八歲的春天。

緊鄰校園後方的國道上有條斑馬線，她就站在那條斑馬線的起點處。

她是個身材矮小，瘦弱得可怕的女孩。

剪了一頭率性的短髮，戴著圓形巧克力色金屬鏡框眼鏡，套著簡單樸素的灰色長罩衫。

她高高舉起右手，向來來往往的車子昂然宣示，自己要穿越斑馬線的意志。但是，行駛在四線道國道上的車子絡繹不絕，駕駛人即使注意到斑馬線上的她，也會漠視良心的譴責，就那樣揚長而去。

站在怎麼看都不可能過得去的斑馬線上，一直高舉著手的她，就像個笨拙人種的小型展示品。

但是，對我來說，笨拙是很了不起的美德。

我緩緩走向她，對她說：

『一百公尺前方，有個按鈕式紅綠燈，要過馬路最好從那裡過，從這裡絕對過不去。』

她抬頭看著我，眼睛畏光似地瞇成了一條線。從她的表情，我猜她應該跟我差不多年紀。雖然有張娃娃臉，臉上卻已具備了知性與風格之類的神情。最吸引人的，應該是圓形眼鏡鏡片後那雙盯著我看的大眼睛。

後來我才知道，那是遠視眼鏡。也就是說，我是透過放大鏡在看她的眼睛。

跟她混熟了以後，她這麼對我說過：『我從小就戴著這副眼鏡，眼科醫生說，等我長大後，總有一天可以不用再戴這副眼鏡。』

『所以囉，』她接著說：『我想我今後一定會繼續發育為成人女性（當時她已經大學三年級了），不但會長高，胸部也會大大膨脹起來。到時候，我就可以摘下眼鏡，像成人女性那樣生活了。』

說完，她茲茲地吸了吸鼻子，她的鼻炎是老毛病了。

第一次遇到她時，她也是猛吸著鼻子。發出茲茲的吸鼻聲，她對我說：『可是，這是斑馬線啊，行人不能過的斑馬線太奇怪了吧？』

那帶著鼻音的嘶啞聲，給我超不協調的感覺，但是，要說不協調，她從頭到尾都長得很不協調。

『說得也是，是很奇怪。』

『那樣，不就像沒有甜味的薩荷巧克力蛋糕，或是有密閉空間恐懼症的太空人嗎？』

『我不太懂妳的意思。』

『我是在說那條斑馬線的存在意義。』

既然人不能過，她說：『就不該存在於這個地方，應該畫在博物館的地板上才對。』

原來如此。

我腦海中浮現出被印在磨得發亮的大英博物館地板上的斑馬圖案，感覺好像還不錯呢。圖案旁，患有密閉空間恐懼症的太空人，正把一點都不甜的薩荷巧克力蛋糕往嘴巴送，那景象還真有博物館的味道。

『你呢？』她問：

『你也要去對面嗎？』

『不，我不是，我只是經過這裡而已，我要去那邊。』

『那麼，我往這邊走就對囉？』

我點點頭，她對我露出蘊含感謝意味的笑容。那笑容非常僵硬。我猜她應該是想呈現出更完美的笑容，只是，再用力也只能擠出六〇％的笑容。那呈現不出來的四〇％的部分，讓我對她產生了好感。

『再見。』

說完，她背向我邁出了步伐。

我也轉身向前走，但是，走了七步左右，突然靈機一動，我停下腳步，從袋子裡拿出了相機。

逐漸遠去的她，背影依然纖細得令人難以置信。
我透過取景窗捕捉她，迅速對準焦距，按下了快門。
這張照片，就是八百五十六張中的第一張。

＊

那之後，我也經常見到她的身影。
果然不出所料，她是跟我同一所大學的學生。在大教室上共同科目時，我經常看見她坐在靠窗的位子。也曾經在餐廳看見她，她跟她的朋友們在一起。
一個朋友長得太高，一個朋友長得太胖。而太過嬌小的她，通常坐在她們兩人中間，那種畫面給人的印象是單調而晦暗，就像把剩餘的東西拼湊起來的感覺。在周遭滿是鮮豔亮麗的女孩堆中，只有她們三個人缺乏色彩。男生們對她那個自我滿足的封閉小團體，幾乎是視而不見。
大學後面有間化學工廠，每到某特定季節的某特定時段，工廠的異臭就會隨風飄到校園內。大部分的人都受不了那種異味，不是躲在窗戶緊閉的教室裡避難，就是早早離開校園，逃到異臭圈外。
但是，她似乎一點都不在意那種異味。我想她老吸著鼻子，所以，可能是嗅覺有什麼問題。

我曾經看過，她一個人在空盪無人的學生餐廳用餐，神情自在，完全不在乎自己周遭沒有任何人，也不在乎自己周遭瀰漫著異臭，優雅地享用著餐點。

就某方面來說，我覺得對異味沒有感覺，是很值得慶幸的事。

長期以來，我一直很在意自己身上的異味。那是我使用的軟膏的味道，這種以色列製藥物，會散發出無法形容的異臭。那種獨創的味道可以說是我的第二屬性，也是以揮發性物質做成的限制我行動的緊身衣。

我從小飽受皮膚病折磨，父親也一直被同樣症狀所困擾，所以，這恐怕是遺傳性疾病。

在我皮膚的柔軟部位，例如腹部、大腿內側，或是更敏感的部分，會出現小小的圓形溼疹，還伴隨著強烈的搔癢感，讓我痛苦不已。我試過各種藥物，結果效果都差不多。搔癢感就像執拗、善猜疑的愛人，時時刻刻糾纏著我不肯離去。

但是，意外買到的這個以色列軟膏，至少可以把那個性情刁鑽的愛人，改造成隨和柔順的女朋友。從此以後，我一直使用這個藥膏，但是，至今我仍然懷疑我的選擇是否正確。或許，這世上根本沒有可以徹底解決這個問題的理想藥物。

因此，她對味道的遲鈍，成了拉近我們彼此距離的重大因素。所謂拉近距離，完全是非性關係，與跨入上床階段之前的漫長前戲般的火熱交流，還有一大段距離。

這時候的我，還沒有過女性經驗（我所說的女性經驗，包括牽著手走路那種初步交往），同年代的女性都比我成熟，在性方面也比我早熟，對我來說是遙不可及的存在。

我的愛慕對象，是跟我在同一間教室上共同科目的富山美雪。傳統美女的她是個乖乖女，如果班上有二十個男生，其中大概會有六個人喜歡上她。她知道自己是個美女，卻可以完全擺脫那種自我意識的束縛，呈現出最自然的自己。

不但同性喜歡她，老人、小孩也喜歡她，甚至連狗都喜歡她，是個完美無缺的女性。討厭她的人，八成是除了自己之外討厭其他所有人的那種人，或是，連自己都討厭到噁心反胃的那種人。

我第一眼見到她，就喜歡上她，從此再也不敢直視她。戀愛就是這樣。對於戀愛，我是身經百戰的行家，當然，要加上單戀這樣的註解。在歷經過各種單戀之後，我把這種事視為另一種完成式人際關係。並非有結果的戀情才有意義，單戀也是在那個期間完成的精采人生插曲。我總想，既然不會有結果，就把這份感情珍藏在心底吧。

所以，跟她（這裡所說的她，不是富山美雪，而是里中靜流。那個老是吸著鼻子，漫天撒謊的女孩名叫靜流。）急速拉近距離時，我的心已經沒有任何間隙可以介入特別的情感了。或許是有位於某處的間隙，只是此時的我並沒有察覺。

＊

要敘述我與靜流的邂逅，就得先談到我與美雪的邂逅。

幾乎不抬頭的我，第一次直視她，也是在學生餐廳。那是入學典禮結束大約一個月後，選修登記已大致底定，新生們也差不多在新世界找到了自己的位置。

我一直很在意自己身上的異味（若要勉強解釋，就像把百貨公司化妝品專櫃的味道，與食品烘焙的味道，摻雜在一起那樣的味道。單一味道聞起來很香，混在一起就成了刺鼻惡臭），所以，經常刻意與人保持距離。在學生餐廳，也盡量坐在不會有人靠近的角落桌子。

那一天，我正一個人吃著B套餐，突然聽到有人叫我。

『瀨川？』

我一抬頭，就看見了美雪。入學以來，我第一次跟她四目交接，看到她那雙美麗的眼睛，我倏地墜入了愛河，心中閃過第十二次單戀即將拉開序幕的預感。我拉開視線，讓視線在她肩膀附近的曖昧空間游移。從此以後，我一直都是看著她那一帶。

『不要一個人吃飯，去那邊桌子吃吧？』

我望過去，看到那裡坐著四、五個在同教室上共同科目的男、女生。
『既然在同一間教室上課，何不做個朋友呢？』
她以柔和的姿態，撩起了長髮。
『謝謝。』我說。
我並非自己願意獨處，所以，非常開心，也想多知道一些關於她的事。於是，我拿起托盤，走向她們那群人聚集的桌子。
我敬陪末座，還稍微拉開了椅子，與他們保持距離。
他們輕鬆地跟我打招呼說『嗨』，或『你好』後，又立即回到他們之間的話題。我邊吃著剩下的B套餐，邊豎起耳朵來聽他們說話。
不久，我就隱隱約約看出了這個小團體的相關圖。我漠然看著他們，在他們頭頂上畫了藍色跟紅色的箭頭。
一個看似傲慢，叫白濱的男生（我原本以為那只是外表形象，後來才發現他真是個傲慢入骨的人），是這個團體的中心人物。他顯然很喜歡美雪，甚至因為喜歡得太過露骨，反而讓人難以相信。戀愛這種東西，應該需要更私密的經營吧？
我將藍色箭頭，從白濱頭上拉到美雪頭上（當然，我頭上的藍色箭頭也是拉向了美雪）。
另一個叫關口的瘦弱男生，我也在他頭上畫了拉向美雪的藍色箭頭。他正好跟白濱相反，不露聲色地把他的好感慎重地埋藏了起來。若不是我這樣的單戀專家，絕對看不出來的微弱訊號，在他身上低調地閃爍著。他繞了一大圈子，用暗號般的語言，向她表達了自己的情感。但是，恐怕一百年後，美雪也無法破解那些言語吧。

他總是表現出戲謔的態度，彷彿自己誕生在這世上就是一大笑話。就某方面來說，我覺得那也是一種人類的正確生存方式。

其中一個叫早樹的女生，可以說是關口的女版，她也是默默愛慕著關口。我將她頭上的紅色箭頭拉向了關口。以關口的細膩，應該早已察覺到了，但他也運用他細膩的心思，裝出了什麼都不知道的樣子。

另一個女生叫由香，只有她跟美雪完全保持中立，箭頭沒有指向任何人。以十多歲來說，由香已經熟過了頭，像忘了包保鮮膜就收進冰箱裡的青菜，水分已經完全流失。她是那種還沒談戀愛，就已經對戀愛絕望的女生。

畫出這樣的相關圖後，我發現美雪果然具有壓倒性的人氣。此時的我卻有點同情這樣的她。想也知道，像她這樣的女孩，一定會很用心去應對那些自做多情接近她的人。她會覺得不喜歡對方是她的責任，因此感到歉疚。如果真是這樣，被喜歡可能也不是旁觀者眼中那麼快樂的事。

從那天起，我跟他們相處的時間不覺地增多了。我盡量注意保持距離，站在下風位置，並儘可能減少藥的用量，希望可以站在美雪的旁邊。

運氣好的日子，我也跟她獨處過。

我們並肩坐在階梯教室的中間位置。如果是我一個人，會坐在靠窗最裡面的固定位置，可是，那個地方不適合她。

『白濱呢？』她問我。

『不知道。』我啵哩啵哩搔著發癢的側腹部回答她：『可能去打工了。』

『哦。』她應聲說，然後問我：『你身體癢嗎？』

『有一點，』我這麼回答，其實，不只一點而已。我把藥量減到了最低限度，所以，搔癢感也暴漲到了最高限度。

『早樹跟由香也自行停課了，好狡猾哦，你看。』

她把寫著兩人名字的出席卡拿給我看，我點點頭，把寫著白濱跟關口名字的出席卡排在那兩張出席卡旁邊。

她嗤嗤嗤地壓低聲音笑了起來。

『我們兩個真倒楣呢。』

當然，我一點都不覺得倒楣。只要能跟她並肩坐在一起上課，我願意代替他們點名一直到畢業那一天。

她偷偷把女性雜誌放在膝蓋上。

我稍微瞥了一眼，看到封面上印著『婚禮特集』。

她察覺到我的視線，顯得不太好意思。

『我想，我總有一天也要出嫁嘛。』

『妳一定會是很漂亮的新娘子。』

聽到我這麼說，她突然屏住氣息，轉過頭來看著我。

投注在我側面的視線，激起了搔癢感，我又啵哩啵哩地抓起了脖子。

『謝謝。』

隔了好一會她才這麼說。

『瀨川，』她接著說：『你會跟怎麼樣的女人結婚呢？』

『我應該——』

應該會跟妳這樣的人結婚這句話，光浮上意識的一角，我的心就疼痛了起來。如果說出口，我怕我說不定會當場死亡。

『——我應該不會結婚。』我好不容易才擠出這麼一句話。

『那多可惜啊。』

她隨即這麼說。

『怎麼會呢，我哪有那麼——』

『我不是說你，』她打斷我的話，『我是說本來會跟你結婚的某人。』

我抬起頭來，看著她右耳一帶。好漂亮的耳垂，淡桃金色的寒毛閃閃發亮。

『你握有一人份的幸福呢。』

她直視著我，企圖捕捉我的視線，然而，我還是看著她的右邊耳垂。

『這世上某處，應該有個等待這個幸福的女孩，你也要替她想想。』

我只想給一個人幸福，那就是美雪本人。但是，像她這樣的女生，應該可以得到更大的幸福，遠超過我所能給她的。

如果我真握有一人份的幸福——那麼，應該給誰呢？

*

說到這裡，話題要轉回到靜流身上。

轉回到我握有的一人份幸福的話題上。

*

某特定季節的某特定時段。

我快步走在充滿惡臭的校園內。校園內空無一人。具有一般嗅覺的人，早已避難去了。我已經習慣了自己身上的味道，練就了一身不會被一點點惡臭擊退的能耐。

於是，我看到了走在前面的靜流。

她像平常一樣，看起來完全不受惡臭困擾，踩著緩慢的步伐，走在貫穿校園的主要道路上。她穿著米黃色長罩衫，手上拿著麻布手提包。

此時的她，還是給人笨拙的感覺。不過是走路而已，腳步卻顯得有些蹣跚，彷彿自己身體的試用期還沒過，帶著初學者的生澀不自然。跟美雪或早樹那些我周遭的女生比起來，我甚至覺得她是另類的次等存在。

但是，她顯得自得其樂，神采奕奕地獨自雀躍在沒有任何人的世界中。跟花、鳥說話、踩著奇妙步伐的舞姿，散發出獨特的魅力；是別具風格的徹底原創魅力。

我從袋子裡拿出相機，將她的身影收入底片中。她在取景窗前，踩著異於常人的步伐，如入無人之境的旅人，自由自在地舞動著。

不出所料，學生餐廳冷冷清清，只有靠堅強的職業意識支撐的女性們，在櫃台前苦等著下一個客人。我照例點了B套餐。在空無一人的餐廳，我還是會介意不在那裡的某人，而像平常一樣坐在角落的老位子。

臭味確實讓人不舒服，但是，我已經學會了如何隔離那種感覺。我把全副精神集中在食物上，不停地動著湯匙。欠缺味道的食物，如矽石熬製而成般索然無味。

快吃完時，耳邊響起茲茲茲的吸鼻子聲音。

我抬起正面對著盤子的臉，看到了靜流。

『你旁邊沒人坐吧？』

我環視周遭，可以容納三百人的空間，除了我們兩人之外沒有任何人。

『好像是。』

我才說完，她就大剌剌地點點頭，在我旁邊坐了下來。

她從麻布手提包拿出白色紙袋，放在餐桌上。裡面裝的是甜甜圈餅乾。她用手塞進嘴裡，喀滋喀滋地咬著，活像小鳥在啄食稗子或玉蜀黍。

『那就是妳的午餐？』

聽到我這麼問，她看都不看我一眼，嗯嗯地點著頭。

『是啊，這是我的主食，我沒辦法吃很多東西。』

『哦。』

我又繼續吃我自己的餐點。

『喂。』她說。

『什麼事？』

我把視線轉向她，她正用鏡片後那雙大眼睛看著我。

『你剛才在拍我吧？』

『嗯，我是拍了妳，妳不想被拍嗎？』

『是不會啦。』

說完，她把臉逼近了我，鼻頭紅紅的。

『但是，我很好奇，想知道你為什麼拍我？』

『因為妳有魅力啊。』我回答她。『妳跳動得很好看，不像任何人，妳有獨特的創意。』

『很好看？』

她的表情轉為些許驚訝。

『嗯，很好看，所以我就拍下來了。』

起初，她露出了對這種陌生言辭感到疑惑的神情，但是，隨即浮現出靦腆的淡淡笑容。

『第一次有人對我說這種話，可見你也是相當有創意的人。』

『是嗎？』

『應該是。』

之後，她不具任何意義地環顧了周遭一圈。那是一種表演式的行為。

『常常跟你在一起那些人呢？』

『誰知道，自然而然就不見了。』

『那個漂亮的女生也是？』

由此可見，她也一直在觀察我。

『美雪大概去打工了。』

美雪？她模仿我的口吻說。

『你們很親密呢。』

『哪有，只是常常在一起而已。』

哪有？她又重複了我的話。我懷疑她是不是有當回聲筒的癖好。

『你是說你們並沒有特別的感情？』

她咯咯笑了起來。

『真的假的？』

我聳聳肩，沒有回應她的話。

『妳呢？』換我問她。

『常跟妳在一起的朋友呢？那兩個縱向發展跟橫向發展的女生。』

『她們是佳織跟水紀。』

『哦，妳怎麼沒跟她們在一起？』

『我們並不是時時刻刻都黏在一起。在一起會很開心時，就在一起，可是，在一起不會開心時，最好還是別在一起。』

『說得也是。』

她又喀滋喀滋地咬起甜甜圈餅乾。

『妳吃那種東西也能活啊？』

聽到這句話，她啣住餅乾停格看著我，揚起嘴角，笑得像個孩子。

『你看也知道啊。』她說：

『我的個子很小吧？從小學開始，我就幾乎沒有成長過，不但還沒換牙，連屁股上都還殘留著胎記。所以，沒必要吃太多。』

哦，我點點頭問她：『是妳自己看見了胎記？』

『是啊，用鏡子看。已經很淡了，可是，還是看得出來，就像蛋殼黏在小雞的屁股上，難看死了。』

『真糟糕呢。』

『就是啊，你想想，如果跟男生——』

她開始支支吾吾，所以，我沒等她說完就點了點頭。

『我明白，那樣子很難為情吧？』

『就是嘛。』

我的午餐已經統統吃光了，可是，她似乎還沒有結束午餐的意思，所以，我只好再陪她一會兒。

『上課時，我偶爾會在教室看見妳。』

『我也注意到了。心想，啊，斑馬線那個人也在教室呢。』

『斑馬線……』

『後來我又試了好幾次呢。』

她用手指抹去沾在薄薄嘴唇上的甜甜圈餅乾屑。

『可是，每次都過不去。在畢業前，我一定要過一次。』

『妳會過得去的。』

聽我這麼說，她用警戒的眼神看著我，彷彿把我當成了有妄想症的人。後來我才發現，有妄想症的人根本就是她。

『是真的，我沒騙妳。』

她又不具任何意義地環顧周遭，同樣是表演式的行為。

『怎麼可能嘛。』她說：

『那條斑馬線耶？一定會被送去博物館。』

『對，就是那條斑馬線，像完全不甜的薩荷巧克力的斑馬線。』

她又從眼鏡深處觀察了我好一會兒，那種表情彷彿想像著，死神是不是就是這樣假借人的外殼來誘人走向死亡？然後，隔天報紙一定會登出女大學生突然衝出車子往來頻繁的國道的報導。

為了抹消她的被害妄想症，我給了她一個微笑，像天使般的微笑。但是，她卻露出了更恐懼的表情。

我突然想到，天使跟死神應該算是同行吧？

我拿著托盤站起來，走向櫃台。

『喂！』她從背後喊住我。

『我明白啦，我相信你。』

我回過頭，對她點了點頭。

『那麼，為了證明妳對我的信賴，先報上名來吧。』

她說，我叫靜流。

『你呢？』

『我叫誠人。』

『我們是朋友嗎？』

說得好像如果是朋友，我應該就不會把她強行帶去天堂了。

『這個嘛，算是在一起會開心就在一起，不會開心就不要在一起那樣的朋友吧。』

『那樣就夠了。』

她擠出牽強的笑容。

*

『你說得沒錯呢。』

我們站在斑馬線上，彼此面向對方。

『很簡單啊。』

國道上連一輛車都沒有。

時間還不到凌晨五點，離日出應該還有三十多分鐘。

在街燈的人工燈光中，她踩著她個人獨特的、原創的步伐。我用相機拍下了那樣的她。

『前面有什麼？』

我問她，她回我說『有天堂啊』。隱喻性的天堂。

『跟我來！』

那裡是一座很大的自然公園。

在太陽還沒有升起的這個時刻，森林一片漆黑，看起來就像巨大團塊。就算那團塊是會隨著黎明完全散去的烏鴉群，我恐怕也分辨不出來吧。

『森林裡有水池，裡面還有魚呢。』

她壓低聲音說。

『很漂亮的地方哦，像天堂一樣。』

『我從來不知道，學校附近有這種地方呢。』

『不太有人知道，我每次來都沒什麼人。』

說完，她噗哧笑了起來。

『如果人擠人，就失去天堂的感覺了。』

『的確是。』

不久後，東方天空逐漸泛白。森林開始展現出陰影、然後色彩、然後細部景觀。我用開始呼吸的深綠作為背景，拍下盪著鞦韆的靜流。剎那間，那個軀體彷彿幻化成了已不在這世上的陰影，我把視線拉出取景窗外，怔怔地看著她。看到我這樣的舉動，她露出『怎麼了？』的表情，浮現出慣有的生澀笑容。我發現那是她纖細、脆弱的形象塑造出來的幻影，於是聳聳肩向她示意『沒什麼』，再將右眼移回取景窗。

太陽完全升起時，我們進入了森林。

小徑旁有條細小的溪流，伴隨著我們，一直延伸到森林深處。

『這條小溪會流到池子裡，水很清澈呢。』

『就像妳的名字嗎？』

『我的名字？』

『就是幽靜的水流，很低調，不太有自我主張。』

『啊，』她點點頭說：『可是，我並不是很低調的人哦，想說什麼都會劈哩啪啦說出來，該生氣的時候也會生氣。』

『會嗎？』

『會啊。』

那是一個圓周約五十公尺的小水池，我們在周遭鋪滿酢漿草與繁縷的水邊坐下來。我將身子前傾，眺望水中，看到成群泅游的小魚們。

『的確是，』我說：『這地方很像天堂。』

她沒答腔，點點頭後，茲茲茲地吸了吸鼻子。然後，從長罩衫口袋拿出面紙擤鼻子。

『喂，我想拜託你一件事。』

『什麼事？』

『你看。』

她指著一棵樹。那應該是七度灶樹，離地面三公尺左右的地方，有用鐵絲圍繞固定住的鳥巢箱。

『那裡會有鳥來哦。』
『什麼鳥？』
『不知道，很小的鳥，很可愛。』
『是不是有雛鳥呢？』
『應該沒有，牠們只會把那裡當成停歇處，飛到那裡休息。』
她說：『然後再飛去其他地方。』
所以呢？我問她：『妳要拜託我什麼事？』
『我想餵牠們吃東西。』
她從長罩衫的另一個口袋拿出她平常吃的甜甜圈餅乾。
『餵這個。』
『那是妳的主食啊。』
『是啊。』
『鳥會吃嗎？』
『當然會啦，這麼好吃的東西。』
看她的眼神不像在開玩笑，所以，我沒再說什麼。
『我的身高搆不到。』
比成年男子平均身高高出五公分左右的我，也不可能搆得到。

所以囉，她說：『把我抬到你肩上。』

她說得泰然自若，所以，我也不當一回事地點了點頭。可是，內心多少有些掙扎。我還不能適應這麼快就進入我私人領域內的異性；從一公尺的距離變成五十公分，現在即將縮短為零。

不管異性或同性，我都沒有跟人這麼近距離相處過。因為我的第二屬性，在我體內訂下了這樣的規矩：

『跟人保持距離！』

其他還有『經常站在下風處！』這種對獵人來說很理所當然的事項。

靜流對異味沒有感覺的事實，讓我的行動有了前所未有的自由。但是，要接觸就又另當別論了。

『我沒問題，』我說：『可是，妳穿那種輕飄飄的裙子沒關係嗎？』

『沒關係。』

她把長罩衫的下襬，塞進兩腿之間夾住。

『你看。』

露出了小小的膝蓋與蒼白的大腿內側，她也一副無所謂的樣子。

我把雙手貼放在七度灶樹上，看著正在等我的她。於是，我下定了決心。

有什麼關係呢，不管什麼規矩都有例外。既然她存在的本身就是例外，那麼，我應該也可以認同我行動上的例外。而且，像一般正常人一樣行動，是很舒暢的一件事。既然這樣，就順其自然吧。

『ＯＫ。』

我這麼說，然後蹲下來，把頭放在她雙腳之間。『我要站起來囉。』

當我把身體挺起來時，肩上感覺到她的重量。我沒有停頓，一口氣站了起來。

她比我想像中輕太多了，輕得可怕。就算長罩衫裡裝的全是甜甜圈餅乾，也應該比這樣再更重一點吧？

已經夠輕了，她還問我會不會很重？

『一點都不重，妳幾公斤？』

『不知道，好幾年沒秤了。』

這個年紀的女孩，竟然可以對自己的體重漠不關心，這就是很大的特權吧？聽在某些人耳裡，說不定會覺得那是非常傲慢的言語。

為了保持平衡，她用細瘦的腳，緊緊夾住了我低垂著頭的臉頰。透過長罩衫，我可以感覺到她身上的體溫。與她身體接觸的部分，全都暖呼呼的，我這才知道肌膚相親是如此溫暖的事。

『怎麼樣？搆得到嗎？』

『嗯，搆得到。』

頭頂上，傳來她捏碎甜甜圈餅乾的聲音。我雙手緊握著她的棉製黑襪，等著她完成餵食工作。包在帆布鞋裡的腳，也是那麼小。小腿像支拖把，又細又直。

『餵完了。』

一聽到她這麼說，我就把她放了下來。

『很重吧？』

『不，一點都不重。我說不定可以扛著妳，在街上走好幾圈呢。』

她露出難以捕捉其中意味的獨特表情，然後挺直背脊，將手伸向我的頭髮。她的臉近在咫尺——巧克力色金屬鏡框眼鏡、寬闊突出的前額、面紙使用過度的紅鼻頭——算是很有人緣的一張臉，但是，要稱她為美女，恐怕需要相當扭曲變形的神經。不過，以一個朋友來說，我還是對她這張臉頗有好感。

她用手替我梳頭髮，甜甜圈餅乾碎屑啪啦啪啦掉下來。

『對不起，弄得你頭髮都是碎屑。』

『沒關係。』

我比較在意的是，她的臉剛好在我下顎地方，因為，我脖子上也塗了很厚一層以色列製軟膏。

我若無其事地抽離了身軀。這樣的動作，讓她表情顯得有些受傷。雖然只是小小的變化，已經習慣被傷害的我還是一眼就看出來了。以為原因在於自己而不是我的她，也主動跟我拉開了距離，臉上不再有任何表情。

我想說些什麼，可是，這種時候什麼都不要說，也是我的規矩之一。所以，我保持沈默，什麼也沒說。

我們繞到水池另一側。

在薊草叢中坐下來，讓整個身軀隱藏起來。我總覺得我們兩人之間失去了某種東西，於是，為了挽回那個東西，我握住了她的手；她那又小又冰冷的手。

她用非常疑惑的眼神，看著我們握在一起的手。

『為什麼握我的手？』她問。

我發現我似乎搞錯了什麼，可是，又弄不清楚搞錯了什麼。

『因為我們是朋友吧？』

我反過來問她，她露出了困惑的神色。

『我們已經不是小孩子啦……』

還是一臉稚氣的她這麼喃喃說著。我從孩提時代就切斷了與人之間的往來，所以，不知道這種時候，成人該採取怎麼樣的行動。

現在，又不知該如何放開一時衝動握住的手。所以，我表現出這種事不用想那麼多的態度，不再多想了。她好像也學我的態度，不再堅持追究原因了。

我們就那樣牽著手，坐在原地等著。

偶爾，她的手指會突然顫動一下，這時候，她會顯得很不好意思。我的手指偶爾也會不經意地使力，顫動一下，這時候，我也會不好意思地低下頭來。要不去想刻意不去想的事，是高難度伎倆。現在，我所有意識都集中在相握的手上。我很怕手又會不自主地使力，正在煩惱時，她與我相握的手比我先使了力。

『來了。』她說。

『我沒看到啊。』

『在隔壁那棵樹上。』

我終於逮到機會放開了相握的手，用雙手重新拿起了相機。

『哪棵樹？』

『右邊。』

我的相機是100mm的鏡頭，可是，透過鏡頭還是看不到在哪裡。

『這樣妳也看得見？我還看不見呢。』

『不是我眼睛好，是眼鏡的關係。』

『是嗎？』

『是啊。』

沒多久，我也捕捉到了鳥兒的身影。比麻雀大一點，頭部跟背部帶點黑色，腹部是看起來很柔軟的白色羽毛。

『我看到了，很漂亮的鳥呢。』我連續按了好幾下快門。
『啊，飛到巢箱了。』
鳥一飛到巢箱，就開始不安地從那裡向四處張望。也低頭看了好幾次自己腳下，可是，顯得沒什麼興趣。
『小鳥還是不吃甜甜圈餅乾啦。』
『誰說的，牠一定會吃，你再等一下。』
她一臉認真地盯著巢箱，臉從臉頰一直紅到了耳根。從側面，可以不透過眼鏡，直接看到她的眼睛。很漂亮的眼睛，但是，並沒有大到令人驚異的程度，只是比一般人大一些。
『吃了！』
她壓低聲音，倏地喊了出來。我慌忙從取景窗捕捉小鳥的身影，按下了快門。
『怎麼樣，』她說：
『牠吃了吧？』
『的確是。』我說：
『因為甜甜圈餅乾很好吃嗎？』
『是啊，甜甜圈餅乾是世上最好吃的東西。』
她從長罩衫口袋拿出甜甜圈餅乾，折成兩半，塞進我嘴巴裡。我慢慢咀嚼品味，全部吞下去後，對她說：

『的確是。』

*

就這樣，我們越來越接近，相互碰觸，成了好朋友。

從那天起，主要大道上的長椅、圖書館的學習室、操場的草坪上，常常會看到不怎麼引人注目的一對樸實男女。在這所男女比率差不多的大學裡，本來就有很多類型的二人組，可能是一對戀人；可能只是朋友；也可能是介於那之間或前後，總之，關係林林總總，所以，他們兩人完全被淹沒在這樣的背景中。

但是，美雪與白濱等人的眼睛還是很銳利。

『最近，你常跟一個特立獨行的女孩子在一起呢。』

在學生餐廳的老位子時，白濱這麼說。

『我也看到了，個子小小的，很可愛。』

聽到美雪這麼說，白濱熟練地翻出了白眼。能夠翻白眼翻到那種程度，實在令人佩服。

『是女朋友嗎？』

『女朋友？』

正在看雜誌的關口，也興匆匆地加入了談話。

『誠人有女朋友了啊？對方是誰？德蕾莎修女嗎？』

他總是說些像從哪借來的台詞。

『唉，不管是怎樣的女孩，你都是個博愛家呢。』

『這種玩笑不好笑。』我說：『而且，我們也不是什麼戀人，只是朋友。』

『沒錯，只是朋友。朋友萬歲。那是再好用不過的說詞了。朋友是越多越值得誇耀，但是，戀人越多，人格越值得懷疑。』

『關口，你少說兩句。』

早樹這麼訓誡他。

『你們在哪認識的？她是法文系吧？』

『哪有哪裡，就是這裡啊。我在學生餐廳吃飯時，她來坐在我旁邊。』

『真不能小看誠人呢，那麼一次機會就把她搞定了啊？』

我覺得白濱這句話不是對著我說，而是故意說給美雪聽。

『我說過我們只是朋友。』

我的回答也是說給美雪聽。如果這時候不解釋清楚，我頭上的箭頭就會被扭向錯誤的方向。

『我們只是在一起談攝影的事。』

『你以為所謂情侶，是一整天都在說「我愛你」嗎？』

關口又硬插了進來。

『情侶在一起時，通常不太說那種話，而是談天氣、談電視節目，還有彼此共同的興趣。』

『所以呢？』

『沒、沒什麼。』

關口又回到他的電影雜誌上。

『她給人的感覺有點奇特，』美雪說：『很有存在感。』

『說得白一點，就是怪人。』白濱說。

『說得太過分啦。』

『我是在誇她呢，在這個沒個性的時代，能被稱為怪人，是一種勳章呢。』

『現在，很多人被稱為怪人反而沾沾自喜呢。』

關口還受不夠教訓，又說出了很白目的話。

『如果會生氣，就真的是怪人了。』

『你不是怪人，而是沒神經的笨男人。』

聽到早樹這麼說，關口露出難過的神色；但也只是一瞬間而已。被罵沒神經，大概比被罵笨男人更讓他難過吧。不過，真正沒神經的男人，被罵那種話就不會露出難過的神色了。

『說得好。』他很快恢復了他慣有的戲謔表情。

『那種沒神經的笨男人，現在正推動著這個國家呢。如果世上都是像誠人那種爛好人，現在還脫離不了石器時代呢。』

『那樣反而比較好吧？』

被早樹這麼一說，關口的表情瞬間轉為困惑。然後，帶著些許懊喪，誠實地點了點頭。

『啊，那倒是，早樹說得沒錯……』

這回，他真的徹底回到了電影雜誌採訪報導中。

『喂，』由香說：『別再說了，那個特立獨行的怪人已經在這裡啦。』

瞬間，大家都停止了呼吸，緩緩別過頭去。

靜流真的就在那裡，露出比平常更僵直的笑容。

『呃，』美雪微微起身離座，招呼靜流。

『妳好。』

『妳好。』靜流回應她，聲音有些顫抖。

『一起坐吧？要不要喝咖啡？』

美雪問她，可是，靜流搖搖頭，把書遞給了我。

『我只是來還攝影集。』

『啊，對哦……』

我從她手中接過書，無意義地翻看著後封面。

『再見。』靜流說，就那樣轉身離去了。我們全都怔在那裡，目送她的背影離去。

她的腳步沒有間歇，就那樣走出了學生餐廳大樓。

唉！白濱誇張地嘆了一口氣。

『這下麻煩了，她什麼時候來的？』

『不知道。』

由香漠不關心的說，又把視線拉回到占卜雜誌上。

『我當著她的面，說她是怪人呢。』

大概是良心受到了譴責，白濱這麼說。

『你不是說那是在誇獎她嗎？』

被早樹這麼一問，白濱顯得無地自容。

『還有人說，很多人被稱為怪人反而會沾沾自喜呢。』

聽到矛頭轉向了自己，關口把頭埋入了雜誌中。

『對不起嘛。』他透過雜誌縫隙說：『我只是跟誠人鬧著玩，完全沒有傷害她的意思。』

『關口，你每次說話都太毒啦。』

『是、是，妳說的是。』

『呃……』我一插入他們兩人的對話，大家的眼光就同時轉向了我。

『我突然想起還有事要辦。』

『這樣啊，』美雪說：『想必是很重要的事吧？』

『咦？啊，嗯。』

我抱著書站起來。

『所以，我要走了。』

所有人都頻頻點頭。

『再見。』

我這麼說，離開了餐桌。大家似乎都知道我要去哪裡，只是心照不宣，沒有人說出來。基本上，他們都是很會替他人著想的人。

走出學生餐廳大樓，我四下張望，尋找靜流的身影。如果她還在，我一眼就能找到她。可是，到處都沒看到她。我沿著主大道走，搜尋她可能逗留的地方。像白楊木下的長椅、中央大樓前的草坪、圖書館，我統統都找過了。可是，她都不在那些地方。

那麼，只剩下一個地方了。

我從按壓式紅綠燈處，通過車子絡繹不絕的國道，走向自然公園。

季節即將邁入冬季，天空池邐著斜體字般的端正雲朵。我走進了公園。

她在我們常去的鞦韆。

她低著頭，用垂下來的頭髮遮住她的表情。我在她旁邊的鞦韆坐下來。

『對不起。』

我說。

『嗯。』

是用沒有抑揚頓挫的平板聲音。

『他們那群人說話都很毒，向來都是那種調調。』

『我不在意啊。』

『是嗎？』

她俯首點頭。

『哦，那就好。』

『你真的那麼想嗎？』

『咦？』

『如果是，那麼，你也是非常沒神經的笨男人。』

咦？

『為什麼？』
她終於抬起了頭。她沒有哭，可是，感覺上已經做好了那樣的準備。
『我覺得難過，並不是因為被說成「怪人」。』
她說，我早已習慣了那樣的稱呼。
『我難過的是你。』
『我？』
她緩緩點了三次頭。緊閉雙唇，張大眼睛的她，正忍受著某種煎熬。
『我還以為至少你會站在我這邊，我還以為你很了解我呢。』
『可是——』
『我們是朋友吧？你這麼說過好幾次吧？』
『嗯。』
『既然如此，你總可以替我辯解說，那女孩不是怪人，只是比一般人有獨創性而已吧？』
她吸吸鼻子，喉嚨發出咕嘟聲響。
『對不起。』我避開她的眼睛，將視線落在地面上。
『妳說得沒錯，既然是朋友，我就不該保持沈默——』
算了，靜流說，算了。

我抬起頭來看著她的側面，她正皺著眉頭，用煩悶的表情注視著森林的稜線。注意到我的視線，她才放鬆了兩頰的力量。

『你喜歡那個漂亮的女生吧？』

她的聲音沒有揶揄、沒有苛責，甚至可以說是相當溫柔。

『你好像很努力的想向她解釋什麼。』

『那是……』

『沒關係，』

她從口袋裡拿出面紙，擤完鼻子後，再摺疊起來，放回口袋裡。

『反正與我無關。』

『可是……』

『沒關係，真的沒關係。』

說到這裡，靜流閉緊嘴巴，退到了沈默之牆的內側。

她受傷了。是我傷了她。我口口聲聲說是她的朋友，卻孤立了她。與其這樣，我還寧可我只是個不相干的人，至少不會給她任何期待。

我想做她的朋友，我想表示我不是不相干的他人，所以，我從夾克外套口袋裡拿出小小的紙袋，對她說『給妳』。

這是現在的我唯一能做的事。

靜流緩緩轉向了我，我打開紙袋，把裡面的東西秀給她看。看到裡面的東西，她看著我，神色凝重地搖著頭。

『為什麼？』

『哪有為什麼，我想妳喜歡吃，就搭電車去買了。』

『你特地去買？』

『也不算特地啦，是正好聽見有人說很好吃。中間都有洞洞哦。』

她把手伸進紙袋裡，拿出一片甜甜圈餅乾。

『我又不是小孩子……』

她這麼嘀咕著。

『吃吃看嘛，很好吃哦。』我說：『跟妳平常吃的不太一樣，很香。』

她仰起頭，深深嘆了一口氣。

『喂，』她說：『你想害我哭嗎？』

她的眼睛邊緣，泛起了粉紅玫瑰色。

『妳幹嘛要哭？』

她看著自己的鼻頭，沈思了好一會兒，然後輕輕地搖著頭說：

『不知道，我不知道，可是，吃了這個甜甜圈餅乾，我一定會哭。』

說著，她把甜甜圈餅乾放在小小的前牙上，再次看著我。那眼神彷彿在警告我要作好心理準備。

『妳會哭得驚天動地嗎？』我問她。

我有點擔心，她會不會嚎啕大哭，哭到連森林裡的鳥兒都飛走了。

可是，她瀟灑地搖了搖頭。

『不是啦，』她說：『問題在你。』

『在我？』

『你會非常難過。』

她說，你會難過到心都快碎裂了。

『會嗎？』

『會。』

說完，她直直注視著我，用前牙咬碎了甜甜圈餅乾。在彼此視線交接下，把餅乾咬得喀滋喀滋作響，然後咕嘟吞下去。

『真的呢，』她說：『真的很香、很好吃。』

首先，從她右眼滴下了一大滴眼淚，接著兩大滴，然後，左眼也開始了。

我們的臉靠得很近。我看到她的鼻翼開始蠕動，逐漸染紅。她緩緩閉上眼睛，然後再緩緩張開，睫毛上沾滿了淚珠。

看到這樣的她，難以承受的疼痛劃過我的胸口。我皺起眉頭，把手放在胸前，無言地訴說著我的痛苦。

她撲簌簌地掉下眼淚，對我說：『我跟你說過了吧？』我也一臉想哭的樣子，嗯嗯地點著頭。真的，我從來沒有過因為看到誰哭而自己也想哭的經驗；因為他人的悲哀，就只是他人的悲哀。可是，靜流的悲傷也促動了我的悲傷。靜流的眼淚，從某個親密而溫柔的角落，沁入了我的心坎。

現在，靜流開始徹底的、真正的放聲哭了起來。她摘下眼鏡，用手背不停擦拭著眼睛，可是，淚水還是一波接一波而來。

她蜷起身軀，顫抖著纖細的肩膀，不停的哭。大顆大顆的水珠，從泛紅的鼻頭啪噠啪噠掉落在地面上。

我悄然站起身來，跟她面對面，跪在草叢上。她抬起頭來看著我，眼睛四周、臉頰、還有脖子，都被淚水沾溼了，嘴唇上還沾著甜甜圈餅乾的碎屑。

我第一次從正面看著靜流沒戴眼鏡的眼睛。那雙眼睛彷彿失去了玻璃天蓋的籠中鳥，顯得沒有安全感，失去了平靜。

我用生硬的動作，默默地抱住她的身軀。她也用比我更生硬的動作，抱住了我的身軀。出生以來，我第一次擁抱女生的軀體，暫時忘了以色列製藥膏。她的身體好小，微微地顫抖著。

跪著擁抱的我們兩人，樣子一定很滑稽。就像被突來的狂風暴雨嚇到的兩隻猴子，我們在森林的懷抱中，藉由彼此的體溫，紋絲不動地分擔那個悲哀。

『對不起。』靜流說。

『沒關係。』我回答。

『是嗎？』

『嗯。』

『可是，沾得你滿身都是呢。』

『什麼東西？』

『鼻涕啊，沾在你夾克上。』

『沒關係，這種事不算什麼。』

謝謝，靜流說，然後又把臉貼向我的鎖骨邊。

她的眼淚是溫的，氣息是熱的。我第一次知道，原來女生的頭髮這麼香。

一時衝動抱住了她，又不知道該怎麼放開她，所以，我一直以生硬的姿態，擁抱了她好長一段時間，長到很不自然。不是一對戀人的我們，光是這樣相互擁抱就很不自然了，而且，就某種意義來說，也或許是很不誠實的行為。

*

友情歸友情，對當時的我來說，愛情也是絕不可以馬虎混過的必修科目。只是，我所謂的愛情，常常是一廂情願的單相思。

過完年，期末考也已結束的某一天，我們聚在學生餐廳時，關口拿了四張電影票來。是名片欣賞，約翰・休斯（John Hughes）的兩部電影組合，片名是『粉紅佳人』與『他們的故事』。

由香一開始就顯得興趣缺缺（我從來沒看過她對什麼事有興趣），白濱說『我對戀愛電影沒興趣』就謝絕了。關口滿臉不悅地看著白濱說：

『怎麼可以對戀愛沒興趣，人除了出生、戀愛、死亡之外還有什麼？其他東西不過都是附件而已。』

『我沒說我對戀愛沒興趣，只是對戀愛電影沒興趣。』

『那有什麼不一樣？』

『行動跟看的不同啊，我不喜歡看別人的戀愛。』

『那就算了，我不勉強你。』

原來如此，關口說：

『我想去，』美雪說：

『我喜歡「他們的故事」。』

就是嘛，關口一臉開心的說：

『這捲錄影帶我看過五十遍呢，在我死前應該還會再看一百五十遍。』

『又誇大其詞了。』

聽到早樹這麼說，關口問她：

『妳呢？早樹，妳去不去？』

『我是想去啦，什麼時候？』

『期限是到今天為止。』

聽到關口的答案，早樹露出失望的神色。

『不行，我今天要打工。』

那表情看起來真的很遺憾。當然，早樹的目標應該不是約翰·休斯，而是關口旁邊的位置。

『誠人呢？』關口問。

我很想去。我的目標一樣不是約翰·休斯，而是美雪隔壁的座位。但是，我也要打工。

『幾點開始呢？我今天要去發傳單，但是，我可以盡快結束。』

但是，聽到他說的最後一場放映時間，我知道我怎麼樣都不可能趕得上。我據實告訴關口，沒想到關口說他可以幫我的忙。

『有多少張？』

『一千張。是這個週末即將開張的動物醫院的傳單，有限定分發日期。』

『我也幫你，三個人一起發，很快就發完了。』

沒想到美雪會這麼說，不要說我了，關口也顯得非常開心。

『好，那麼，最後一堂課結束後，再到這裡來集合。』

傳單我已經拿來學校了。

一千張的份量不少，所以，我不可能帶在身上，先放在圖書館的置物櫃。

腳踏車是關口的上下學工具，我們把傳單塞進腳踏車前面籃子裡，立刻全力趕往現場，這是與時間的競賽。指定的發傳單區域，離校園約三公尺遠。為了節省趕路時間，美雪坐在關口的腳踏車後座，我跟在腳踏車後面跑，就這樣趕往目的地。

發傳單這個工作，我已經做了很長一段時間，所以，對腳力還頗有自信。可是，關口幾乎沒有顧慮到我，所以，我要相當費力才能跟得上他們。但是，美雪就在我眼前，所以，我怎麼樣都要維持遊刃有餘的神態。

她的手圍繞在關口腰部（我看不見關口的臉，但是，可以輕易猜到他的表情），側坐在腳踏車後座，不停地鼓勵在後面跟著跑的我。

『加油啊！』『會不會很喘？』『要不要我們騎慢點？』

每當她這麼問，我就會盡力裝出從容自在的笑容。縱使這麼做會使我更加疲累，但是，也絕不能讓笑容垮下來。這時候我才領悟到，痛苦時能顯露出痛苦的表情是天下最愉快的事。

說著（關口就是這樣的人），他理所當然地分給了自己最多的份量，再把剩下的傳單分給我們兩人。

『來，開始發吧。』

『限時九十分鐘，分發完後回到這裡集合。』

說完，他又跨上腳踏車灑脫地走了。他自己提議說，最遠的區域由他負責，正前方往東由美雪負責，往西由我負責。

『那麼，我們走吧？』

美雪說。

『嗯，拜託妳了。』

我們也兵分左、右兩路，各自開始分發傳單。因為規定大樓住宅不能投入大門入口處的總信箱，必須從每一家的門縫塞進去，所以，我們只跑有電梯的地方，其他地方就不管了。雖然已經舉步維艱，我還是比預定時間提早許多將手中傳單分發完畢。我的資歷可不是平白累積的，發傳單也有很深的學問呢。

發完手中傳單後，我想美雪應該還沒發完，於是往東區走去。果然，沒多久就看到還拿著剩餘傳單的美雪。看到我，她露出訝異的神色。

『你已經發完了？』

『我是老手了啊，剩下的我們分一半吧。』

我們把一疊傳單分成兩份，走在同一條路上，各自往左、右住家投遞。

『很久沒走這麼多路了。』

美雪說。

『可是，只有九十分鐘呢。』

『是啊，也就是說我連這樣的距離都很久沒走了。』

『會不會累？』

『不會，還覺得很舒服呢。』

道路兩旁林立著高大的山毛櫸木。現在還沒有長葉子，但是，春天時一定會展現出漂亮的綠葉。這個區域位於高臺，高級住宅鱗次櫛比。很多住家庭院栽種了花草樹木，在這個季節，木瓜、梅花替黯淡的風景增添了不少色彩。

美雪戴著針織飛行帽，圍著格子圖案的圍巾。上半身套著皮夾克，修長的腿包裹在緊身牛仔褲中，流露出年輕反對運動人士的氣質。漂亮、崇高，卻又細膩柔弱，對悲哀的感受性遠勝過憤怒。

總之，她散發著燦爛奪目的魅力。即使不透過戀愛這樣的取景窗來看她，這個評價也不會有所改變。

發完最後的傳單，我們走向集合場所。
『關口說話雖然很毒，可是，人還不錯呢。』
與我並肩行走的美雪說。
『是啊，不過，他一定不喜歡被說成好人。』
『的確是。』
她咯咯笑了起來，顯得很開心。
聽到『喂！』的呼叫聲，我們回過頭去，看到騎腳踏車的關口正向我們揮著手，兩人又不禁竊竊相視而笑。
『傷腦筋，』
一追上我們，關口就說：
『我好像被列入了狗組織的黑名單。』
『狗對你叫了？』
我問他，他很誇張的用力點著頭。
『幾乎每隻狗都對著我叫，連這麼小的吉娃娃都對著我嗚嗚叫。』
『說不定牠們是喜歡你啊。』
『也許吧，牠們的愛情表現說不定特別怪異彆扭。』
關口說得滿腹委屈，皺起了眉頭。不過，我想關口一定很喜歡狗。因為他的怪異彆扭並不輸給狗，要解讀他那樣的表現，需要特殊的演算規則。

『好了，回家吧。』

關口又讓美雪坐上腳踏車後座，然後，以我再也追不上的速度揚長而去。

『再見啦。』關口的手在背後揮著。

『我們在電影院等你，快點來哦。』

聽著他漸行漸遠的聲音，目送著顯得有些困惑的美雪的背影，我暗忖：

他是個好人？這種話是誰說的？

但是，我對他的評價很快就暴漲了。

這件事其實很難看透他真正的用意，說不定真相全然只是如表面所見。

他說他一定要坐在前面數來第三排靠走道的位子，說完就逕自往前走了，還說自己是近視眼。電影院空空盪盪，觀眾加上我們三人不到十人。我跟美雪並肩坐在近中間位子，好像我們兩人單獨來看電影。我也想過，關口可能是刻意避開我們，可是，我想不出他有什麼理由要這麼做。

上映前，我在廁所擦掉了身上所有的軟膏。只要時間不是太長，我都還可以忍耐。關口要我以可樂、爆米花，替代該付給他們的工錢，所以，我們手上都捧著一大桶爆米花。

首先播映的是『他們的故事』。

我跟關口、美雪不一樣，是第一次看這部片子，而且，很快被深深吸引了。我的視線一直離不開那個小男生裝扮，還滿嘴小男生用語的男人婆女孩薇絲。可能是因為單戀故事的關係，讓我感同身受，對這個單戀男主角的女孩薇絲產生了移情作用，而不是對男主角凱西。

我是為了美雪旁邊的位子而來，心卻被銀幕中的戀情緊緊扣住了。

套用白濱的話來說，就是重心傾向了『看』，而非『行動』。

『薇絲是不是有點像里中？』

電影看到一半時，美雪這麼問我。像靜流？也許是吧。可是，當我特意去看時，卻看不出有任何跟她具體重疊的地方。不是哪個小地方像，而是整體的感覺有些神似。

有一場高潮戲，就是凱西在跟他愛慕的女孩約會之前，先跟薇絲練習接吻那一幕。看到這一幕時，我無論如何都無法不對身旁的美雪有所感覺。因為跟我單戀的女孩坐在一起，看著單戀的女孩與她單戀的對象接吻，那種震撼非同小可。我坐在這裡並沒有什麼企圖，但是，會有所期待也是人之常情。

我斜眼瞄了一下她的嘴巴，發現她有一張形狀很可愛的嘴唇。當他們（薇絲與凱西）的雙唇接觸時，美雪的唇也彷彿索求著某人似的，微微張開顫抖著。她沒發現我注意到了她的反應，專注地看著銀幕。我覺得自己好像偷窺了她的什麼祕密，趕緊將意識拉回到電影上。可是，鼓動的心還是撲通撲通跳個不停。
電影正邁向最後一幕。
結尾時，凱西終於感受到薇絲的心意，兩個人情意相通了。
薇絲淚流滿面的笑容、被交到她手上的耳環、走在夜晚人行道上的兩人、以及『妳戴著我的未來還真好看』這句凱西的台詞，都太經典了。我的淚水奪眶而出，連鼻涕都流出來了。美雪也低低啜泣著。
『真是一部好電影，我知道關口為什麼那麼說了。一點都不誇張，的確可能讓人重看五十遍。』
『對吧？』
她的眼睛四周泛著粉紅色暈圈，看起來也充滿了魅力。
電影院內亮起了燈，進入休息時間時，關口從通道往上走來。只說『我有點事』就經過我們身旁走開了。我看見他鼻下閃著亮光，大概是擦乾了淚水，卻忘了擦掉鼻涕吧。
接下來的『粉紅佳人』，我已經看過一次，所以，緊繃的神經逐漸鬆懈下來。彷彿被白天的疲憊緊緊纏住般，我跌入了睡眠的深淵中。心裡想著非張開眼睛不可，卻抗拒不了幾近暴力的睡魔。我把茉莉．林瓦德的聲音當成了搖籃曲，瞬間沈沈睡去。
好香的味道、好柔軟的觸感——醒來時，我發現我把頭靠在美雪肩膀上睡著了。她的夾克下面，是一件草莓色毛衣。就是這個柔軟的觸感，以及從她脖子飄散出來的香味。那樣的溫柔也像愛的語言，讓我沈溺在與她緊緊相繫的短暫錯覺中。但是，一脫離那種半睡半醒的溫存，我就恢復了神智，趕緊挺直身軀。

『對不起，睡著了。』我說。

美雪露出頗帶玄機的笑容，用幾乎可以說是誘惑的口吻喃喃說道：『沒關係，你可以再多睡一會，今天跑了那麼久，一定累了吧？』

『大概是吧。』我接著說：『但是，沒關係，特地來看電影，至少要把最後一幕好好看完。』

『說得也是，最好是這樣。』

之後，在電影結束前，我們都沒有再交談，規規矩矩地正襟危坐，專心盯著銀幕。

但是，我的意識是百分之百傾向『行動而非看』的戀愛，所以，不停追逐著映入眼角的美雪身影。

在電影院的黑暗中，我不禁想，關口果然是個好人。

*

春天時，我們都升上了三年級。在這所以『升級相當困難』聞名的大學，我們這幾個成員沒有一個落單，統統順利迎接了新的學年。一起入學的六十名同學，有一半陷入了留級的憂鬱中。

聽說法文系比英文系更嚴格，但是，靜流也順利升級了。

就是在這個時候，她開始對相機產生了強烈的興趣，動力是『星期三』。

『星期三』是公園那隻小鳥的名字。因為牠的叫聲聽起來像『梅爾庫魯狄』，所以，靜流幫牠取了『星期三』這個名字。很符合法文系的靜流的思考方式。

法文的星期三是『Mercredi』。

以這樣的思考去聽，就會覺得很像那樣的發音。

『星期三』在七度灶樹樹梢上，神情愉悅地哼唱著『梅爾庫魯狄、梅爾庫魯狄！』。

我的Canon相機F1，對她來說有點太大了。她張開雙腳站立，把相機放在左手上，用右手按快門。光是這樣的動作，對她來說就是從未有過的重勞動了。

『我從來不知道相機這麼重。』

『妳最好多增加些體力，不要老是吃甜甜圈餅乾，要吃更有營養的東西。』

『我的營養已經足夠了，不夠的是成長荷爾蒙。』

『妳真的還會成長？』

『當然會囉，』她用充滿自信的聲音說：『胸部會膨脹起來，屁股也會變得圓潤。』
『胎記會消失不見？』
『對啊，還會換牙呢。』
『喂，』她顯得異常興奮，直盯著我的眼睛深處看。
『到那時候該怎麼辦？如果我變得很那個。』
『很那個是怎麼樣？什麼會變得很那個？』
『所有的一切啊，這個、那個，這地方、那地方。』
『哦。』
『然後，我要穿半露酥胸的衣服，再把長髮挽起來。』
『不錯哦，很性感。』
『對，你說對了，就是性感。那麼，到時候你會怎麼樣呢？』
我試著去想像。於是，靜流就那樣縱向拉長了，腦海中浮現出她穿著領口超低的奇妙長罩衫，眼鏡深處的眼睛不停眨著的模樣。
『好像有點……』
『喂，你的想像力也太貧乏了吧，比那樣有看頭多啦。』
『妳知道我的想像內容？』

『知道啊，你要表現出更興奮的樣子嘛。』

可是，不管我再想像多少次，她還是她，只是向上拉長了。

『等我變成漂亮的成人女性後，周遭的男生一定都不會放過我。』

『是這樣嗎？』

『當然是啦。』

可愛的小女孩，長大後可能會變成美女。那麼，很親人的女孩，長大後會變成怎麼樣呢？應該只會變成很好親近的大人，但是，她沒有體認到這樣的事實。

我對她說：『沒必要變得那麼有看頭啊，現在的靜流就已經很有魅力了。』

我是那種只會把心裡想的話照實說出來的人，所以，我把我心裡的話據實說了出來。可是，她突然變得很悲傷。

『光那樣不行啊。』

過了好一會，她這麼說。究竟什麼不行呢？我稍微思考了一下，可是，並沒有得到上天啟示的靈感。我浮游在幾個比較正常，卻也不太實際的答案之間。

但是，那樣的思緒也很快就被『星期三』打斷了。

『來了。』

她低聲尖銳的說。

『不要慌，夾緊雙臂，千萬不要晃動，最好先半按著快門。』我說。

她在一旁點頭說知道了。

『星期三』停在那個巢箱上，啄著我們事先撒好的甜甜圈餅乾碎屑。

『趁現在。』

我低聲說。她屏住氣息，一口氣按了好幾下快門。

『再拍啊，還可以拍很多張。』

她又連續拍了好幾張，『星期三』沒有飛走，靜流繼續按著快門。『星期三』替我們當了整整一分鐘的模特兒。

吃光了甜甜圈餅乾碎屑不久後，牠就飛向了其他樹梢。

哈啊啊啊！——靜流用力吸了一口氣。

『差點憋死我了。』

『妳總不會……』我問滿臉通紅的靜流：『妳總不會一直憋著氣吧？』

『就是啊。』她回答我說：『因為你說過，屏住氣息比較不會晃動嘛。』

說完，她又聳著肩膀，大大吸了一口氣。

『不是嗎？』

我想，就算我那麼說過，也不必一直——

『不是嗎？』她又問了一次。

我回答她：『是啊。』

＊

今年夏天的腳步，比往年都來得急促。才進入六月，氣溫已經超過三十度。一連好幾天，最高氣溫都沒有低過三十度。雨也沒下，街道乾涸枯槁。再也受不了的關口提議去游泳，所以，我們就坐著他的車去游泳了。

『好久沒去游泳池了。』

聽到坐在前座的我這麼說，關口從鼻子哼地發出聲來。

『誰說要去游泳池了？』

『咦，你不是說要去游泳？』

他向父親借來的年份已久的雷諾後掀背式轎車，正往內陸駛去。

『怎麼可以讓兩位公主去泡有漂白水味道的半溫半冷的水呢。』

坐在後座的美雪與早樹兩人，聽到關口這麼說，咯咯笑了起來。由香跟白濱還是老樣子，顯得興趣缺缺，沒有參加。

『那麼……』

『我知道一個好地方，跟我走就對了。有完全隔開日晒的設施，所以，公主們的皮膚也不會照射到紫外線。』

我回過頭看她們，發現她們好像知道要去什麼地方。我正想開口問她們，她們就裝瘋賣傻，一副不聽我說話的樣子。

其實，目的地是哪都無所謂。只要能這樣跟美雪在一起兜風，即使只是在環狀公路繞來繞去，我都覺得很開心。

不用說，關口的錄音帶當然全是電影音樂。有『天倫夢覺』、瑪麗蓮夢露的『我想被你愛』，以及有名的『尋找偶像』、『黑色奧菲斯』、『禮拜天不行哦』。

『有本小說叫《失戀排行榜》。』

關口握著方向盤說。

『我知道，我也看過。』

『你看原版？』

『怎麼可能，當然是翻譯版。』

『我看了原版，聽說不久就要拍成電影了。不過，那不是重點。』

他接著繼續說：

『主角洛不是經常替女朋友製作精選集錄音帶嗎？』

『啊，沒錯。』

『我也喜歡做那種事。有什麼事時，我就會製作精選集錄音帶，堆放在車上，出去兜風。』

『也都是電影音樂？』

『嗯，差不多啦。』

正好開始播放『桂河大橋』，關口合著音樂吹起了口哨。曾幾何時，車子已經開進了迂迴曲折的道路。可能是心理因素吧，覺得空氣也變得清澄起來了。

那之後，又跑了二十分鐘左右，就到了我們的目的地。

『這裡就是我暗藏的好地方。』關口說：『小時候，我父親常常帶我來。』

那是一個綠意盎然的溪谷。可能是非假日的關係，除了我們之外，看不到其他人影。走出車外，空氣比想像中清冷。聽得到水聲、鳥聲，還有樹木的婆娑低語聲。與一小時前上車的地方，是全然不同的世界。兩個女生也看得啞口無言。

樹叢被印染成黃綠色，環繞水流的岩石區上方，有巨木作成的綠色天蓋。水面呈現一片鈷綠色，湍急處濺起了白色飛沫。

『好了，換衣服吧。』

關口的話喚醒了我，我從車上拿出尼龍袋子，在樹蔭下換上沙灘褲。女生們在有擋光玻璃保護的車子後座更換衣服。

關口也換上了超鮮豔圖案（五顏六色的日落海灘）的海灘褲，他的上半身果然如我想像，羸弱得可憐。

『你好瘦。』

我這麼一說，關口就猙獰地笑了起來。

『哎呀哎呀，我哪比得上你，你的膚色還是白的呢。』

『差不了多少吧？』

『哎呀哎呀，差多了、差多了。』

突然覺得這樣的對話很無聊，我們開始往岩石區移動。水流的聲音越來越清晰。溪水在巨石間穿梭蛇行，時而湍急，時而停滯，不斷地改變著表情。

『深的地方有三公尺左右。』

關口指的是對岸的淤積處。水流和緩，水面上映著色彩鮮豔的綠葉。

『我常常潛入河底撿石子。我哥哥每次都比我快，讓我很不甘心。』

『要不要再來玩？』

『唷？』關口露出懷疑的眼神看著我說：

『你想跟我比賽？』

『嗯，我想表現給女生們看。』

我從小就喜歡游泳，對潛水也有自信。

關口點點頭說：『好，我們來比。』

『讓你們久等啦。』

聽到美雪的聲音，我們同時轉過身去。然後，同時倒抽了一口氣，又同時被擊倒在地。比賽鐘聲才剛響起一秒，我們就被技術性擊倒了；旁邊助理都還來不及整理休息區的椅子。我們勉強站了起來，可是，連一根手指頭都不聽使喚了。

她們穿著同樣款式，但不同顏色的泳裝。是很樸素，講求機能性的連身泳裝。美雪是淺藍色，早樹是玫瑰粉紅，兩人腰上都纏繞著毛巾。

那模樣既健康又嬌美，肉體沒有過與不及或誇張的地方，呼喚我們的聲音也很直率。

『呼！』旁邊的關口嘆了一口氣說：『我大概有五秒鐘失去了意識。』

『你太誇張啦。』早樹說。

『一點都不誇張。』

聽到我這麼說，美雪嗤嗤笑了起來。

『不過，你們兩個還真瘦呢。』早樹說：『很像飢荒二兄弟。』

『少囉唆。』關口頂回去：

『去除多餘的東西，靈魂才會越來越清純。』

『那麼，現在的關口，靈魂一定清澈得跟這裡的溪水一樣吧？』

『沒錯。』

早樹從鼻子哼地冷笑了一聲，從我們身旁走過。那背影該怎麼說呢，好像在告訴我們，她可不是那麼好惹的。

我們站在岩石區正下方的小沙地上，早樹先把腳放進了水中。

『唔哇！』

聽到早樹的驚叫聲，關口笑了起來。

『很冰吧？』

『很冰，怎麼會這麼冰呢？』

『嗯，但是，很快就會適應了。』

於是，我們四個人排排站，慢慢將身體浸入水中。水真的很冰，但是，在這個萬物都快被熱昏頭的世界，讓人覺得這是很奢侈的一件事。

我屈膝蹲下，讓肩膀也浸入水中，再緩緩揮動手臂向前游去。身體立刻隨波逐流，撞上了站得搖搖晃晃的美雪，撞得她也不得不向前游去。我們的身體多次彼此碰撞，就這樣游到了下流的大岩石區。

『妳的游泳技術真好。』

我抓著岩石這麼說，她點點頭，挽起溼漉漉的頭髮，露出了形狀很好看的額頭。

『因為我上過一陣子游泳課，我很喜歡游泳。』

『我也是。』

『那麼，再游到對岸吧。』

說完，她潛入了水中。在前方三公尺處浮出水面，以精湛的划水技術背著水流逆向游去。從透明的水中，可以看見她的淺藍色泳裝。我也隨她之後，踢開水向前游，游向對岸。

享受了好一陣子游泳的樂趣後，我們聚集在可以俯視那個淤積處的岩石區。從我們站的地方到水平面，有兩公尺高度。

『怎麼樣，』關口說：

『要比嗎？』

『好啊。』

『比？比什麼？』早樹問。

『這個淤積處大約有三公尺深。』關口向她說明。

『從這裡跳，』說著，他指著自己腳下，『跳下去撿起掉落河底的石頭，誰先撿到誰就贏了。』

『你行嗎？』

『嗯，我贏定了。』

『你恐怕贏不了哦。』

聽到我這麼說，關口雙手往上一攤，說：『要怎麼說是你的自由。』

『喂，』美雪介入我們之間說：『我也可以參加嗎？』

關口驚訝地看著她。

『可以啊，可是，妳行嗎？』

美雪仰起頭來看著關口，微微一笑。

『說不定第一名會是我哦。』接著，又慧黠地甩了甩頭。

『愛怎麼說是個人的自由吧？』

她解開腰上的毛巾，交給早樹。

『好吧，我們三個比賽。早樹，妳負責發號施令。』

關口環視四周，撿起一個白底帶黑色紋路的拳頭般大石頭。

『這個很容易看見吧？』

說著，丟向離岸邊兩公尺遠的地方。石頭濺起水花沒入了水中，從這裡也可以追逐它的影子，直到它深深沈入海底。

我們三人並列在岩石區的邊緣，美雪夾在兩個男生之間。往下看，還真高呢。我不禁有些怨恨那段漫長的游泳空白期。

『那麼，要開始囉。』早樹說。

『預備，』

我們同時彎下了身子。

『GO！』

我用鐮刀式跳水法跳入水中。憑藉衝力，長驅直入到相當深處，再划動手臂游向河底。我側過頭看，看到了關口的身影。美雪不在我的視野中。當視線再回到河底時，我看到目標石頭滾落在有平滑岩石突出表面的河底。關口就在我對面，與我差不多距離。我拚命划動手臂，奮力要搶先他一步，關口也豁出去了。我們兩人以同樣角度接近石頭，伸長了手臂。可是，就在即將得手的一瞬間，淺藍的鮮豔色彩跟我們交叉重疊穿梭而過，目標石頭就那樣消失不見了。

我們四人並肩躺在被太陽晒得暖洋洋的岩石上。在水中泡了那麼久，每個人都凍僵了。嘴唇發紫，皮膚也完全沒了血色。

『沒想到真的被美雪拿走了。』

一副到現在都還不相信的口吻。

『我是魚啊。』

美雪說著，把握在手上的石頭伸向了天空。

『我常常在練習結束後玩這種遊戲，把硬幣丟到游泳池底再撿起來，所以已經很熟練了。』

『那麼，我們也只好認了。不過，實力差不多啦。』

『但是，我還贏關口一點點。』

我一說完，關口跟美雪就異口同聲說：『愛怎麼說是你的自由。』的確是。

＊

放暑假後，靜流來我住的公寓。

因為她說她也想試著自己沖洗照片。第一次進我房間的靜流，就像參觀博物館的觀光客，對什麼東西都很有興趣，都想摸一摸。

『這是什麼？』

說著，她拿起一個密密麻麻排列在用紙箱疊起來的架子上的塑膠容器。

『啊，那是——』

我慌忙想搶回來，但是，她骨碌地轉過身子，逃過了我的手。她坐下來，想看清楚標籤上寫什麼，可是，很快就放棄了，抬起頭來看著我。

『上面寫什麼啊？我看不懂。』她把容器交給了我。

『看起來像是俄語。』

我點點頭，把容器放回架子上。

『沒錯，我想應該是俄語。』

當然，那就是我的以色列製軟膏。但是，上面寫的不是希伯來語，也不是英語，而是莫名其妙的俄語。我隨時都準備了二十支的庫存量。

『太可疑了，幹嘛買這麼多回來囤積？』

『不是什麼大不了的東西。』

『不是什麼大不了的東西？』

又是慣有的回聲筒語言。

『既然這樣，應該可以告訴我是什麼吧？』

『就是沒什麼大不了，所以不值得一提。』

我知道，只要說出一點端倪，就會被迫說出一切。就像只是把褲子稍微往下拉拉看，褲子卻被一把扯到了膝蓋那樣。靜流沒有發現我身上的異味，往後我也不想讓她知道我身上有這樣的異味，所以，我選擇保持沈默。

靜流似乎很不滿。

『不說就算了。』她說：

『八成是用來做什麼猥褻的事，所以，你不敢告訴我吧？』

說完，她的臉頰莫名地泛起了桃紅色。

我完全無法想像，她到底想到哪裡去了，但是，我不想問她，只想趕快遠離這個話題。

『沒錯，就是那麼回事。』

我根本搞不清楚究竟是哪回事，還是這麼回答她。她似乎也想脫離這個話題，隨便點了點頭，就把注意力轉向了釘在牆壁上的照片。

『梅爾庫魯狄？』她問。

『梅爾庫魯狄！』我回答。那是『星期三』的照片。

『是我拍的吧？』

『是啊，妳進步很多。』

她嘿嘿笑了起來，食指在鼻子下面擦拭著。一股幾近愛憐的感情從我心底湧出，讓我有些不知所措。

『過來。』我說：『這個房間是暗房。』

從玄關上來，就是我們現在所待的餐廳，裡面的洋式房間佈置成了『暗房』。大約三個榻榻米的空間，用黑色窗簾遮住光線，放著從二手店買來的大鋼桌。一台同樣是中古貨，但相當高級的放大機，坐鎮在鋼桌上。

『太棒了！就是在這裡沖洗照片嗎？』

『是啊，不過只沖洗黑白照，彩色照太花錢了，所以，現在都是拿去沖洗店沖洗。』

但是，實際上，我拍的大多是黑白照片，所以，幾乎都是在這裡沖洗。

我關上房間的門，打開暗房的燈泡。微帶紅色的柔和光芒，灑落在我的肩上。

『就像這樣，』我說：『在這裡面工作。』

靜流倚靠著牆壁，抬頭看著身旁的我。

『你好像很快樂呢。』

『是很快樂啊。』

『我也能做嗎？』

『可以，其實並不是那麼難。』

喂，靜流說：『你可能沒有發現，所以，我要先告訴你。』

『嗯？』

『我有點笨。』

『有點？』

靜流看著我。經過很難賦予意義的奇妙停頓後，她緩緩的說：

『對，是有點。』

我也思考了大約三秒鐘後，很爽快的點了三次頭。

『好像是吧。』

『你發現了？』

我回答她：『有點啦。』

說自己『有點』笨的她，動作簡直笨到令人目瞪口呆。光第一道手續捲底片作業，她就一直過不了。在還不熟練之前，每個人都會經歷一段辛苦時期，可是，她比別人還辛苦好幾倍。她浪費了一捲底片，先在明亮的地方一次又一次的重複練習。然後，又在暗房中不斷重複演練相同的步驟。實際上，捲底片本來就是得在暗房中完成，所以，這也是必要的練習。笨拙的人往往有著近乎冥頑的毅力，她就靠著這樣的毅力，一點一點學到了訣竅。

當我們回過神來時，都已經夜深了。

『很晚了呢。』

『幾點了？』

『應該十點多了。』

『不會吧！』

『真的。』

『時間轉眼就過了。』

『暗房裡的時間過得特別快。』

『可能是吧，那麼，你應該放瓶紅酒在這裡。』

『為什麼？』

『會加速成熟啊。』

原來如此。

『好啦，』我關掉暗房裡的燈泡說：『妳該回家了，我送妳到車站。』

從公寓到車站，必須走二十多分鐘。所以，我住的兩房兩廳公寓，才能一直維持那麼低的租金。

我們並肩走在沒什麼行人的後巷。

『以後再教我哦，』她仰望著夜空說：『我想完全學會。』

『好啊，我教妳，接下來會更好玩哦。』

『是嗎？』

『嗯，沖洗作業會讓人沈迷。做到忘我時，時間會快得令人難以置信。』

『快到可以讓紅酒瞬間成熟？』

『是啊。』我說：『常常猛一抬頭，才發現天已經亮了。』

『我好期待哦。』

『嗯。』

不久後，車站大樓進入眼簾。裡面有個小圓環，周遭並排著洗衣店與花店。兩家店都已經熄燈，拉下了鐵門。

『謝謝你，到這裡就行了。』

鐘。

『嗯。』

她是每天從家裡通車到大學上課。從這裡搭電車到她居住的城鎮，大約十五分鐘。

『我在這裡等到電車來。』

『真的沒關係，電車很快就來了。』

『是嗎？』

『嗯。』

她通過剪票口，在那裡對著我說：

『明天再拜託你囉。』

『嗯，不用客氣。』

『今天謝謝你，我很開心。』

『嗯。』

『那麼，晚安。』

這次，靜流沒有再回頭，消失在昏暗的月台上。

已經看不見她的身影了，可是，我還是有點擔心，一直站在剪票口外直到電車進站。她說得沒錯，不到五分鐘電車就來了。聽到發車前的嗶嗶聲，確認門已經關閉，我才離開剪票口走出了車站。

＊

那個夏天，我幾乎把所有時間，都用來教靜流攝影技術了。

我是個很優秀的指導老師，把我所知道的知識、伎倆，全都以學究般的認真精神教給了她。

她的確有比較笨的地方，但是，那未必就是缺點，有時也會是美德的另一面。她是非常優秀的學生。或許，她的學習成績只有C或D，但是，她的熱忱絕對是A＋。

剛開始只是『星期三』專屬攝影師的她，不久後，也對其他拍攝題材生了興趣，拍攝範圍逐漸擴大，從風景到人物無所不拍。其中，她最喜歡拍的是小孩子。大概是因為她本身就像個小孩子，所以，小孩子都會毫無防備的面對攝影機。她所拍攝的小孩子，每一個都笑得很自然、很開懷。

她在學校附近的小相機店，買了一台中古的小型單眼相機後，就越發深陷在攝影中，再也不能自拔了。

＊

我去中型教室上『現代美國文學』課程時，赫然看到靜流也在那裡。她坐在美雪的旁邊，那裡向來是我的指定座位。沒辦法，我只好坐在她們兩人正後方的位子。

『為什麼法文系的靜流會在這裡？』

我這麼問，她回過頭說：

『因為我喜歡田納西・威廉斯（Tennessee Williams）。』

然後，又裝成男生的聲音表演給我看。

『那麼，各位，再來玩seven poker吧。』

那是『慾望街車』中史丹的台詞。

『靜流是個很有趣的人呢。』美雪回頭越過肩膀對我說：『能早點跟她成為朋友就好了。』

『哈、哈、哈。』靜流大笑。

那是一種奇妙的鼓譟喧鬧方式，一點都不像平常的靜流。

她們像十年的老朋友般，親密地交談著。兩人一起看著美雪膝上的女性雜誌，嘰嘰喳喳嘻嘻笑笑很快樂的樣子。我坐在後面，像等候出場的配角，隨時待命。我邊啵哩啵哩抓著脖子跟側腹部的搔癢處（這一天我減少了軟膏的用量）邊等待著，可是，一直到最後都輪不到我出場。

傍晚，我在前往我公寓住處的路上問靜流：『妳幹嘛那麼做？』
『做什麼？』
『去上現代美國文學那堂課啊。』
『我說過了，因為我喜歡田納西．威廉斯啊。』
『我不覺得。』
『那麼，你覺得是為什麼？』
『我哪知道，』我說：『就是不知道才問妳啊。』
『我也認真回答你了啊。』
『是嗎？』
『是啊。』
之後，我們沈默地走了好一會。
『你生氣了？』
過了大半晌，她才這麼這問我。
『我沒生氣。』我說：『但是，心情不能說是很好，因為妳欺騙了我。』
『我欺騙了你？』
『一定是。』
沒多久，公寓到了。我先爬上了樓梯，回頭一看，她還杵在柏油路上，一動也不動。腳張開肩膀寬度，兩手抓著麻布包，直盯著地面看。這模樣的她，愈發像個孩子。

我又走下樓梯，站在她面前。我沒說話，等著她先開口。

經過漫長的沈默後，她囁嚅地說：『……嘛。』

她的聲音又細又模糊，我沒聽清楚她在說什麼。

『什麼？』

我把耳朵靠近她嘴邊。

她又說了一次：『——我想去喜歡我喜歡的人所喜歡的人嘛……』

剎那間，魯鈍的痛感劃過我的胸膛。那種痛，就像在森林公園看到靜流的眼淚時的痛。

我想去喜歡　我喜歡的人　所喜歡的人

那是意味著悲痛而非喜悅的言辭。

『妳說的喜歡的人……』

『不要說了。』

靜流後退一步，從我身旁離去。

『可是……』

『不用放在心上，那說不定也是謊言。』

『是謊言嗎？』

靜流什麼都沒說，只是盯著我的眼睛看。眼鏡深處的眼睛有著迷惘的色彩；又近似怯懦。

不一會兒，好像有人硬逼著她似的，她百般不情願地輕輕晃著頭說：『不是謊言，是真的。』

然後，霍然變了一個表情，用率直的眼神看著我。

『我喜歡你，而你喜歡美雪。』

所以囉，她說：『我決定讓自己也喜歡上她。』

這樣總行吧？她這麼說，臉上浮現出僵硬不自然的笑容。

我該怎麼回答才好呢？不管我怎麼搜尋，都找不到適合這個場面的辭彙。她那自相矛盾的思緒無處可去，眼看著就要鑽入奇妙的死胡同了。要把她叫回來很容易，可是，這麼做只會帶領她進入另一個死胡同。

看到我支支吾吾說不出話來，她緩緩低下頭，看著自己的影子。

忽然，她冒出一句話來：

『沒關係，我已經決定了……』

那之後，在『現代美國文學』課堂上，美雪旁邊的位置總是看得到靜流的身影。自然而然，我的特定位子也轉移到她們兩人後面了。雖是很奇妙的組合，兩人卻表現出了超乎想像的堅定結合力。她們會偶爾在一起吃中餐，甚至跨足校外，兩人一起去買小小類似石頭巧克力那種東西（到底是叫什麼呢？對身為男生的我來說，那是完全無法理解的世界）。

白濱用難以置信的眼光看這樣的兩人。

『那個組合是怎麼回事？』

『誰知道。』

靜流的心情，是我跟她之間的祕密。

『她們是芙菈妮與莉莉。』從雜誌中抬起頭來的關口說。

『那是誰啊？』早樹問。

『是一部叫「新罕布夏旅館」的電影。』

『旅館？』

『嗯，那是電影中的能幹姊姊，跟小時候就停止成長的妹妹的名字。茱蒂．佛斯特把芙菈妮這個角色扮演得淋漓盡致。』

『靜流又還沒有停止成長。』

聽到我這麼說，關口不耐煩的點著頭。

『是、是，我想也是，她才二十一歲嘛，正直青春期呢。』

『我是說真的。』

『又沒人說你撒謊。』

『你那種口氣明明就是在指控我「撒謊」。』

『那就抱歉啦，因為我是在四月一日愚人節出生的，所以，疑心病很重。甚至到現在我都還懷疑，我的出生是不是我爸媽編出來的差勁謊言。』

真的嗎？我用眼神詢問早樹，她也用眼神回答我說，是真的。

『看吧？』關口張大眼睛，狡黠地笑了起來。

美雪與靜流坐在與我們有一段距離的桌子，兩人排列著那些五顏六色的小東西，神情相當愉悅。美雪知道靜流不太喜歡白濱跟關口，所以，從來不會勉強將她拉入我們這個圈子。

『那些像石頭巧克力的東西是什麼？』

我並沒有特別問哪個人，是早樹主動告訴了我。

『那是水晶珠子，用那個編成類似項鍊的裝飾品。』

我覺得有些意外。因為，美雪是個很成熟的女性，高價格的寶石應該會比手編飾品更適合她；而靜流應該是對裝飾自己沒有絲毫興趣。

『她們再加入芙蓉石、紫水晶之類的能量石，賦予飾物不同的意義。』

『能量石？』

『嗯，人類不是自古以來就相信天然石具有神祕力量嗎？例如水晶可以驅魔。』

『嗯。』

『所以，女孩子們會許下種種願望，把能量石加入飾品中。』

『許願？她們許什麼願望？』

早樹遙望她們兩人，稍微想了一下，對我說：『愛啊。』

瞬間，三個男生的心臟同時『咚』地發出了大鼓般的巨響。當然，我並沒有實際聽到，那只是修飾性大鼓發出來的修飾性聲響。

『愛？』白濱難得發出了亢奮的聲音。

『是I love you的「愛」嗎？』

白濱這句話，惹得早樹咯咯笑了起來。

『英文系的人不要說那種沒常識的話嘛，I love you的「I」是「我」的意思吧？』

『所以，我問妳是不是那個「愛」嘛。』

『嗯，是啊。』早樹笑著猛點頭。

『據說，芙蓉石跟紫水晶，基本上都具有愛的力量。』

噓——關口發出怪聲。

『美雪公主也到那個年紀了？』

『是啊。』

『早樹，她有跟妳說過什麼嗎？』

聽到關口這句話，早樹的笑僵住了。

『你說呢？』她沒好氣的說：『關於那種事，她是個保密主義者。』

關口從鼻子哼了一聲說：『我想也是。』

『那麼，』他又問：『那個小女生許了什麼願？』

依我看，他那副表情應該是在對我說：沒錯，我就是在問你。

『我哪知道，關於那種事，她是個保密主義者。』

『哦，這樣啊。』

其實，我當然知道。所以，『咚』地發出巨響的大鼓，有一半是被她敲響的。

我不禁要想，她為什麼會喜歡上我這樣的人？自從靜流對我表白後，我重複問過我自己不下一百五十次。會喜歡上我這麼不起眼的男人，這世上恐怕只有靜流一個人了。明明知道這樣，為什麼我還是無法接受她的感情呢？

我開始厭惡我不懂得變通的心。

『喂，先別說這個了，』由香說：『你們有沒有聞到什麼怪味？』

我悄悄站起來，離開了現場。

＊

確認過彼此的立場後，我們歸於某種平衡狀態。我喜歡美雪，靜流喜歡誠人。目前，兩人的情感都無處可以宣洩，所以，喜歡歸喜歡，也只能暫時把那份情感拋置在原處。

但是，那個地方太過顯眼，所以，我們經常會往那裡眺望，彼此拋出疑問給對方，或是補上小小的忠告。

『你為什麼喜歡美雪？』靜流問我。

『不知道。』我回答她：『沒什麼理由。』

『那太奇怪了吧？一定有什麼理由。』

『那麼，』我說：『靜流呢？靜流為什麼喜歡我——』

鏡片後那雙大眼睛眨啊眨的。

『對哦，為什麼呢？』

『我很不想這麼說，可是，妳的品味真的有點問題。』

『不會吧？你的外表又沒什麼見不得人的地方，也總是保持得乾乾淨淨，雖然穿衣服沒什麼sense，可是，都很適合你啊。』

她自己老穿著幼稚園生穿的長罩衫，我實在不想聽到這樣的她批判我的穿著；縱使長罩衫真的很適合她。

『你不貪婪，心地善良，也不自私，』她繼續說：『人也很好。』

『那些是喜歡一個人的理由嗎？』

被我這麼一說，她又陷入了沈思中。然後，吸吸鼻子，調整好眼鏡位置，舔舔嘴唇。

『跟你在一起，我可以完全放輕鬆。』她說：『而且，心情很平靜、很舒坦。』

要這麼說，我也一樣。跟靜流在一起，我可以完全放輕鬆。而且心情很平靜、很舒坦。在美雪面前，我會倉皇失措、侷促不安，甚至會陷入自我厭惡中。可是，我卻愛慕她，我以為這樣才叫戀愛；有著自己無法克制的衝動。

『你是我的初戀呢。一定是因為我成長得比一般人遲緩，所以，現在才到思春期。』

『我是妳的初戀？』

『是啊，所以，我還不習慣這種事，你覺得我該怎麼做？』

我覺得？盯著我看我也沒有答案啊。再說，這種事也不該問自己單戀的對象吧？換了是我就不會問，我會不動聲色地把那份情感悄悄埋藏在心底。

『我覺得，』我根據一般理論及社會常識來思考。『這樣子很奇怪。』

『這樣子是怎麼樣？』

『就是我們這樣。』

我覺得自己成了反應遲鈍很散文式的人。

『我喜歡跟妳在一起，就順水推舟隨波逐流，可是，這樣不太好。』
靜流默默看著我，用『所以呢？』的眼神催促我說下去。
『所以，我覺得自己就像明明無意，還擺出會讓對方誤解那種態度的男人，心裡很不好受。好像很不老實，利用了妳對我的好感，我不喜歡這樣。』
說出口後，有種很虛假的感覺，但是，這才是事實吧。
『那麼，你何不這麼想呢？』
靜流揚起眼睛，從突出的額頭下方看著我，對我嫣然一笑，笑得我沒來由的顫抖。
『你是有罪惡感吧？』
『應該是吧。』
『那種感覺一定很難受吧？』
『是吧。』
『可是，我跟你在一起很快樂，痛苦的人是你，快樂的人是我，既然這樣，是誰利用了誰？又是誰不誠實呢？』
『咦？』
靜流咯咯笑著說：『就維持現狀吧，好嗎？』

某時某刻，靜流也曾經這麼對我說：

『戀愛是很不可思議的情感。』

這句話讓我有點緊張。

『以前，世界的中心在這裡。』靜流用右手指著自己的頭頂。

『本來是在這裡，可是，有了喜歡的人，那個主軸轉眼就移到了對方身上。』

她說的對方當然是我，但是，她常常這樣，說得好像在說一個不在現場的某人。

『你也是嗎？』

這是個很單純的疑問句，我並不覺得她是繞了個大圈子在苛責我。她就是這樣的人。對我的單戀，她給予高度尊重。

『我能理解，』我回答她：『就是那種感覺。』

此時，強烈的愧疚感油然而生，我只能說出空洞沒營養的話。

『那麼，』我說：『妳是從什麼時候開始有那種感覺？』

我驚覺這也是很沒神經的質問，立刻後悔了。可是，她並不像我那麼在意。這一點，我一直在慢慢學習中。

『一定是從第一次見面時開始。』她說：『你不是在那條斑馬線上叫住了我嗎？』

『嗯。』

『一定是從那時候開始，我的軸心就瞬間被你拉走了。』

說著，她對自己的話點頭表示贊同。

『嗯，一定是這樣，雖然當時沒有自覺，但是，一定是從那天起。』

如此改變了他人的命運，我自己卻完全沒有自覺，實在太不可思議了。

這樣可以嗎？如果我想像中的紅、藍箭頭，真的存在於大家頭上，就不會發生這麼不負責任的事了吧？若是這樣，『暗藏相思』將成為一種矛盾語法，當然，我的第十二次單戀也會被硬生生拖到光天化日之下。

*

大三秋季學期到某階段時，實習、研討會等相關活動，漸漸被排入日課中。英文系學生大多以外商公司或大規模企業的海外事業部為目標，所以，必須具備可以成為即時戰力的日常會話水準的語文能力。因此，學校課程結束後，大家會趕去『貝立茲（Berlitz）』或『Athenae Fracais』補英文。白濱跟關口，也很早就在貝立茲補商用英文會話了。

『誠人，你決定怎麼樣？』關口問：

『你好像很悠哉呢。』

『我要靠相機吃飯。』

『相機？你要去沖印館打工啊？』

他的幽默有點畸形，但是，習慣就好了。

『不是啦，我要去小出版社當攝影師兼文字工作者。』

『哦，有目標了嗎？』

我是有目標了。這家規模不大，出版旅行月刊的出版社，在自家雜誌的小角落刊登了明年也要招募三名新人的消息。大概是最近旅行風氣盛行，所以人手不足。我想競爭恐怕會很激烈，但是，懂得攝影又會寫文章的人（就是我啦。老實說，我曾經在以大學生為對象的旅行隨筆徵文比賽中，榮獲第二名。我並不是一天二十四小時只會擔心我身上的氣味，或是猛搔側腹部癢處，我也會從事這種知性活動。）應該不多，所以我有勝算。而且，雖然沒有白濱跟關口那麼拚命，我也一直很努力在進修英文，對將來去海外採訪一定會有幫助。

我把這些想法告訴關口。

嗯，他沈吟著，瞇起了眼睛。

『不錯啦。』

『你這麼覺得？』

『是啊，人可以從事自己喜歡的工作，是很幸福的事。』

他將雙手背在腦後，身體往後弓。

『結果，只會讀書的人，人生恐怕不會有什麼樂趣。』

『你沒什麼喜歡的事嗎？』

『我喜歡電影。欣賞電影是我最大的本事，但是，僅止於欣賞，我既不會製作也不會評論。如果有「職業觀眾」這種工作，我會從事這一行，保證成為優秀員工。』

『這工作好耶。』

我這麼說，闞口面帶苦澀的點點頭。

『可是，那種工作八成賺不到錢，還得花錢去做。』

說得也是。

『靜流呢？』我問她：『妳有在找工作嗎？』

『還沒呢。』

她專心檢視著自己拍攝的照片的完成品。

『不過，最近我會想，最好能找個攝影方面的工作。』

『那麼，跟我一起——』

『不可能啦。』

她搖搖頭。最近稍微留長的頭髮，輕輕晃動著。

『不可能。』她又重複了這句話。

『你從國中開始拍照拍到現在，可是，我還是個初學者呢，又沒有任何經驗……』

『那麼……』我拿起手邊的攝影雜誌，放在桌子上，攤開來。

『妳試著參加攝影比賽吧。』

『攝影比賽？』

『對，累積經驗啊。』

她也被我這個提議說動了。我們開始檢視雜誌上許許多多的比賽，把比較適合自己的業餘比賽統統列出來。就規模跟日期來看，其中一家大型軟片製造商主辦的比賽，似乎是最好的機會。

『誠人呢？』靜流問。『你以前參加過比賽嗎？』

『一次也沒有，總覺得沒自信。』

『你沒問題啦，』靜流說：『你的照片那麼出色，一定可以得獎，這是我的直覺。』

『是嗎？』

『嗯，一定可以。』

從那天起，我們開始拍攝用來參賽的作品。當周遭人都忙著為就業做準備時，只有我跟靜流為了找尋攝影題材，每天不停穿梭在街道與森林中。

＊

靜流缺席了，她沒來上『現代美國文學』。或許不該說缺席，她本來就沒有選修這個科目，所以，應該說這堂課她沒出現。

『她怎麼了？』

已經很久沒坐在我旁邊的美雪問我。

『不知道，我今天也沒見到她。』

『我們約好這堂課下課後去珠子店呢。』

『這樣啊……』

就我所知，那是靜流第一次與人相約，卻什麼都沒說就失約了。

『會不會是感冒了？』

『有可能，她沒有手機吧？』

『沒有，我也不知道她家電話。』

『那就沒辦法確認了。』

『說不定這堂課下課後她會來。』

『希望如此。』
她說著，下意識地摸摸戴在手腕上的珠子手環。
『那東西，』我指著她的手說：『是妳跟靜流一起做的？』
『嗯，是啊，很可愛吧？』
『綁在上面的石頭是紫水晶？』
『是啊，你很清楚呢。』
『是早樹告訴我的。』
我躊躇了一下，鼓起勇氣來問她。
『聽早樹說，那種石頭具有力量？』
美雪猛地抬起頭來，注視著她鼻尖約五公分前的空間。
『哎呀，』她說：『她連這種事都告訴你了啊。』
『嗯，她說得沒錯。』美雪撩起長髮，戲謔地微微甩著脖子。
『是有力量，』她舉起戴著手環的左手說：『告訴你，這個石頭潛藏著愛的力量哦。』
她會用那種不像她風格的語氣說話，顯然是在掩飾自己的嬌羞。
『我也到做夢年齡了嘛。』
大概是為了掩飾嬌羞而擺出逗趣模樣的自己，讓她覺得更難為情，她沈默了下來，視線落在課桌上。

看到她尷尬的樣子，我也尷尬了起來。

『呃……』

我試著起了個頭。

『什麼？』

『那個有效嗎？我是說，那個力量的效果，很驚人嗎？』

這句話非但沒能轉移話題，還更接近話題核心了。

『不知道，』她說：『目前還不知道。』

『是嗎？』

『嗯。』

她點點頭，又用右手手指撫摸著手環。

『喂，我可沒有具體祈求什麼哦。』

『是嗎？』

『是啊，因為我才剛開始懵懵懂懂地思考愛情的問題。』

『那麼，以前呢？』

『嗯，以前就是不行，我不會應付這種事。』

『真意外呢。』

『會嗎？』

『我還以為追妳的人多是——』

『可是，重要的是我的感受吧？』

『沒錯。』

也就是說，她到這個年紀還沒跟任何人交往過。雖然我嘴巴說很意外，其實，心裡並不覺得很意外。不管多吸引人的女孩，都可能為了應付眾多的追求者，承受更大的困擾（我記得美國作家理察・布羅提根寫過這種女孩子的故事）。男人們如雨點般紛紛飄落的有聲或無聲的示愛，對她們來說，或許就如滴滴答答下個不停的雨點般令人厭煩吧。

但是，這個事實多少給我了些許勇氣。

首先，我知道她現在沒有跟任何人交往。據我推測，她頭頂上的箭頭應該還沒有被拉往任何方向。

第二，她沒有戀愛經驗。也就是說，她不會跟她的經驗做比較。所以，像我這種沒經驗的戀愛癟三，也不必擔心被拿來跟某個身經百戰的情敵相比而仰天興嘆。這件事大大鼓舞了我。

我趁勢再問她。

『為什麼現在才開始？』

『開始什麼？』

『呃，就是……開始想那種事……』

要我面對她說出『愛』這個字，不知為何，比在她面前只穿一件短褲更讓我害臊。不過，也要看是怎麼樣的短褲啦。

『可能是受到靜流的影響吧。』

那句話說得若無其事，我也當聽著一句若無其事的話，點頭回應她。但是，事實上卻不是這樣，我只是太過震驚，而忘了表現出我的詫異。

我想說：『哦，這樣啊。』可是，發不出聲音來，只能一臉茫然的盯著她的肩頭看。

『我一直以為她很喜歡你呢，誠人。』

我的胸膛猛然亮起了問號，然後轉為驚歎號。啊，原來是這麼回事……

『結果不是，她說她有個從以前就很喜歡的人。』

她稍微停頓，有種『你應該也知道吧？』的試探意味。大概是脫口而出後，才驚覺自己說得太多了。

『好像是。』

聽到我這麼說，她才安下心來，放鬆緊繃的肩膀繼續說：『聽她描述自己的心境，我不禁厭惡起自己之前的冥頑不靈。』

『原來如此。』

所以囉，她又舉起左手給我看。

『紫水晶！』

我們異口同聲這麼說，相視而笑。

我感到一股刺穿胸膛的疼痛，為什麼呢？

剛開始，我頗感震撼。因為，我雖然看到她們親密的膩在一起，卻從來沒想過她們會談得這麼深入。當她說『受到靜流的影響』時，我還以為靜流把自己對我的情意告訴了美雪。頓時，種種思緒匆匆掃過我的腦海，我直覺那是我單戀的危機，心中暗想不好！

但是，她——靜流——對美雪撒了謊。那份情意是真的，對象卻是虛構的。

因為她不好意思說出實情嗎？也許是吧。但是，對靜流相當了解的我，可以舉出更不同的理由。

亦即，她那麼說是為了我。因為憐恤我這微茫的單戀，她對美雪撒了謊。

經過反覆推敲，我終於想通了。

原來如此，這就是剛才刺穿胸膛那股疼痛的原因。

是靜流的用心，刺痛了我胸膛。

那疼痛時而收縮張放，時而赤辣。

下課後，美雪用很擔心的語氣問我：『她還是沒來呢，到底怎麼了？』

『就是啊。』

『我好擔心。』

『要怎麼樣才能知道她的狀況呢？』

結果，我們決定去餐廳找她們。

縱向發展與橫向發展的女孩——佳織與水紀二人，到現在我都還搞不清楚哪個是哪個。

『妳們好。』

聽到美雪的問候，她們兩人停止交談，抬頭看著我們，沈默等待我們的下一句話。

『妳們今天有沒有見到靜流？』

她們兩人同時搖了搖頭。

『我沒見到她。』縱向女孩說。

『我也是。』橫向女孩說。

『她沒來學校嗎？妳們跟她一樣是法文系吧？』

『是啊。』縱向女孩子說。
『可是，我們並不清楚她有沒有來。』橫向女孩說。
『沒辦法連絡上她嗎？』
『我沒辦法。』
『我也沒辦法。』
『為什麼？』
『因為靜流沒有手機。』
『而且她又很討厭人家打電話去她家。』
『我都沒聽說呢，為什麼？』
她們兩人對看一眼後，縱向女孩說：『因為她母親有點奇怪。』
『是很奇怪。』橫向女孩說。
『那不是她親生母親，是後來才來的母親。』
『是個很討厭的人。』
『是嗎？』
『是啊，她母親對打電話去她家的朋友都很兇。』
『所以，靜流再也不把家裡的電話告訴任何人了。』
『請問一下，』我打斷她們的話：『妳們說那不是她的親生母親，那麼，她的親生母親呢？』

『她說已經死了。』

『在她還很小的時候病死了。』

我完全不知道，她從來沒有跟我提過這些事。現在回想起來，她幾乎沒有說過關於自己的事。

沒想到這麼快就走到了死胡同。我們本來想問出靜流家的地址，去她家找她，可是，知道她母親的事後，我們覺得這並不是個好主意。

我們正思考著該怎麼做時，她們兩人又開口了。

『不用替她擔心啦。』縱向女孩說。

『沒錯，她明天就來了。』橫向女孩說。

『沒事啦。』

『對，沒事。』

她們兩人說著，彼此點了點頭。

『看來只能等了。』美雪說。

『嗯，我剛才也說過，她可能是感冒了。』

『說得也是，如果感冒也不好打電話給她。』

『嗯。』

之後，美雪似乎思索著什麼，隔了好一會才問我：『你早就知道了？』

『不，』我回答她：『我不知道，回想起來，我對她的事幾乎一無所知。』

『我也是，為什麼呢？可是，感覺上卻好像非常了解她。』

『靜流就是這樣的女孩。』

『嗯，』美雪輕輕點著頭。

『我希望可以更、更實際地深入了解她。』

『是嗎？』

『是啊，』美雪說：『因為，我很喜歡她。』

＊

第二天，靜流還是沒在校園出現。美雪改變了主意，說要去她家看看。

『再等一下吧。』我這麼說，制止了她。

『感冒一天好不了。』

『可是——』

『再等一天就好。』

美雪咬著嘴唇，摸著左手的手環，行為顯得有些神經質。

『也好，』她說：『那麼，就再等一天吧。』

但是，沒必要再等一天了。

傍晚，我回到公寓住處時，靜流就站在樓下。

『嗨。』她舉起了右手。

我跑到她身旁，對她說：『妳是怎麼了？我們都很擔心妳呢。』

『我們？』

『是啊，我跟美雪。』

『這樣啊。』

她的表情黯淡下來。

『我一直惦記著這件事，可是沒有她的電話號碼。』

我跟靜流都討厭電話的存在，決心成為這個國家中最後兩個沒有手機的大學生。所以，我們兩人一開始就不打算努力去記周遭人的電話號碼。

『而且昨天也有點忙。』

『忙？』

『對，我找房子找了一整天。』

『妳離開家了？』

不，她搖搖頭說：『不是離開，是被轟出來了。』
我們進我房間，在餐廳桌子坐定後，我問她那之後的結果。
『然後呢？』
『什麼然後？』
或許是我多慮了，總覺得靜流看起來很疲憊。包在長罩衫中的身軀，好像縮成了更小一團。
『妳不是說妳被轟出來了？』
『啊，對哦，沒錯，我被轟出來了。』
『呃，』我說：『被後來進門那個母親嗎？』
『你怎麼知道？』
她詫異地張大了眼鏡後的眼睛，大到塞滿了整個鏡片。
我被她的詫異嚇到，頓時無所措手足，支支吾吾的回答她。
『呃，是這樣的，我問了妳的朋友，就是縱向發展跟橫向發展那兩個。』
『哦，』她點點頭，表情變得有些不悅。
『佳織跟水紀？』
『對，我就是聽她們說的。昨天妳沒來，所以我去問她們妳的連絡電話。』
『她們還說了什麼？』

我趕緊搖搖頭。她們可能還說了其他什麼，可是，我已經忘了，把那些話統統忘了。

哦——她用測量某種事物的眼神看著我。我覺得自己體內的某種東西被更換成了數值，類似誠實指數六十五這樣的結果。

『沒錯，』隔了半晌她才說：『我是被繼母轟出來的。』

『妳跟她吵架了？』

她蜷起肩膀說：

『我不想說。』

『哦，』我也無意再逼她說。

『那麼，妳找到房子了嗎？』

我改變了話題，她的表情也隨之改變。

『沒有，完全找不到。』

『是價錢談不攏嗎？』

『不是，是人家完全不信任我。』

我立刻領會到她話中的意思。外表與實際年齡相差甚遠的她，即使去房屋仲介說要租房子，恐怕也不會有人理她吧。

『妳給他們看了學生證嗎？』

『當然給他們看了，可是還是不行。他們可能認為那是我自己做的卡，貼上了大頭貼吧。』

『嗯，有可能。』

她從鼻子哼了一聲，然後，慌忙用面紙擤了擤鼻子。

『很過分吧？我老是遇到這種事。』

『是嗎？』

『是啊。』

她把擤完鼻子的面紙放進長罩衫口袋裡。

『來，回想一下你小的時候。』

『嗯。』

『那時候，你還很小，既搆不到門把，也看不到圍牆的另一面有什麼東西，整顆心都懸在那裡，對吧？』

『的確是。』

『我到現在還是那樣，不管在現實或比喻上。』

『很難熬吧？』

『嗯，人生都過了四分之一還在買兒童票，太不划算了。』

『說得沒錯。』

只要是女性，都希望維持年輕的外貌，但是，那也有個限度，她很明顯是超越了那個限度。

『所以呢，』她以正經八百的口吻切入主題。

『我想拜託你一件事──』

我知道她要說什麼，也知道那是很難說出口的一件事，所以，在她還沒說之前，我就先點了點頭。

『可以啊，妳愛待多久就待多久。』

『真的嗎？』

她的表情頓時明亮起來。

『嗯，妳本來就常常泡我在屋子裡，有時還在暗房待到天亮，所以沒什麼差別。』

『啊，太好了。』她把手放在胸前。

『如果被你拒絕，我就沒地方去了。』

『昨晚妳是怎麼打發的？』

『我去住了商務旅館。但是，也吃盡了苦頭。』

『因為妳是兒童票？』

『對，因為我是兒童票。』

那之後，她說要跟美雪連絡，去了附近的便利商店。昨天，美雪把她的電話抄給了我。

其實，我屋裡也有話機，只是沒繳電話費，電話線被剪了。就算把線接上，我也沒人可打，頂多只有我母親會打來而已，所以，我覺得沒有那個必要。對原本就討厭電話的我來說，那個黑團塊的死，反而讓我找回了心的平靜。有時，我還會擔心那個黑團塊是不是真的死了，很想用棒子的前端去戳戳看。

大約三十分鐘後，靜流買了一堆東西回來。

『美雪怎麼說？』

『她說她很擔心我，我真的太對不起她了。』

『妳怎麼跟她說？』

『我說我感冒了。』

『感冒？』

『是啊，因為美雪問我「妳感冒了嗎？」我就回答她「是」囉。』

靜流邊把買來的東西排列在桌子上，邊回答我。

『總不能告訴她實情吧？』

『嗯。』

『所以啦，我想那是最好的回答。』

『說得也是。』

桌上熱熱鬧鬧排滿了盒裝肉類、青菜類，還有酒。

『妳幹嘛買這麼多？』

『開舞會啊。』

『舞會？』

『對，慶祝我們同居的舞會。』

於是，靜流親自下廚展現手藝，那也是很新鮮的驚奇。因為，她每次來我家，也都是吃她的甜甜圈餅乾，這回不但親自下廚，還要跟我一起吃。

『妳會做菜？』

『會啊，我在家都有做。』

使用菜刀相當俐落的她，看起來一點都不像她。此時的靜流，徹底脫離了笨拙的形象，就像個『模範女管家』的小型樣品。

『新媽媽來之前，都是我在做家事。』她說：『我只會做這種事。』

隨處可見的食材，經過她的手，就成了從沒見過也從沒聽過的獨特料理。例如『晨曦風味菠菜炒肉』、『斯堪地納亞森林義式天婦羅』，具原創性的她，所做的料理也充滿了原創性。

準備齊全後，我們在桌前面對面坐下來，拔起了酒瓶塞。

『妳會喝酒嗎？』我問她。

她微微一笑說：『應該會吧。』

『應該？』

『這是我第一次喝，但是，我覺得應該不會有問題。』

我突然覺得忐忑不安，可是，不想破壞難得的舞會，還是跟她互碰了酒杯。

『Ciao。』她說。

『Ciao。』我也這麼回應她。

杯子發出叮鈴的聲響，小小的兩人舞會就此拉開了序幕。

她像貓一樣伸出粉紅色的舌頭，舔了舔酒，然後滿臉驚訝的看著我。

『好喝！』

『那還用說嗎，當然好喝啦。』

『我還以為酒是很難喝的東西呢。』

『白酒喝起來尤其爽口，妳要小心別喝多了。』

『可是，很像果汁呢。』

『妳很快就知道了。』

喝了酒後，我們開始品嚐料理。

我先吃了『晨曦風味菠菜炒肉』。

靜流直盯著我的表情看。我慢慢品嚐味道後，對她用力點了點頭。

『嗯，很好吃。』

靜流把手指伸到我鼻尖前，做出握住一把空氣的動作，再把手緩緩放在自己胸前。

『妳幹嘛？』

『很高興聽到你這麼說，所以，』她說：『我要把這句話收藏在我心中。』知道這麼說可以逗她開心，我一連說了很多次『好吃』。不過，她做的菜也真的好吃。

雖然名稱怪不拉嘰，但是，每一道料理都有親切的家庭料理味道。

『這為什麼是晨曦風味呢？』

我不解的問她。

『沒什麼特別意義。』她說：『若要勉強解釋，就是裝盤的樣子吧。你不覺得那樣子很像晨曦嗎？』

原來如此。

接下來輪到她吃。她用叉子叉起醃製鮭魚，緩緩送到嘴邊。

看著她這樣的姿態，我的心不知怎麼地撲通撲通跳了起來。

她察覺到我熾熱的視線，兩頰泛起了桃紅色。
『不要看著我，我會害羞。』
嗯，我點點頭，卻怎麼樣都無法移開我的視線。
『喂，我說真的，』她說：『這樣我會害臊啊。』
『可是我想看啊。』
『為什麼？』
『是啊，為什麼呢？』
『我只是要吃醃製鮭魚啊。』
『就是那個！』
『哪個啊？』
『醃製鮭魚啊。』我說：『這是妳第一次吃甜甜圈餅乾之外的東西，我想目睹這個時刻。』
『是嗎？』
『嗯。』
我把身體斜探出桌面，讓臉更靠近她。
『來，吃啊。』
她靦腆的低下頭來，盯著叉子前端的醃製鮭魚片刻。然後，不疾不徐地揚起視線，注視著我的眼睛，緩緩將醃製鮭魚放進嘴巴裡。

她的視線持續與我交接，靜靜地咀嚼著，然後咕嘟吞下去。一股溫暖的喜悅，從我胸口湧出。

『太棒了！』我說：『靜流果然還在成長中。』

『成長？』

『嗯，因為妳可以吃甜甜圈以外的東西了。』

『我並不是第一次吃啊。』

『可是，在我面前是第一次，這就代表妳成長了。』

『是這樣嗎？』

『嗯，就像嬰兒從喝牛奶改成吃離乳食物。』

『我正在成長？』

『一定是。』

『如果真是這樣就太棒了！』

我拉高嗓門宣告，靜流也舉起右手高聲叫喊。

『告別胎記！』

『柔軟舒胸啊，你好！』

不用說，我們兩個都喝醉了。

但是，杯子裡的酒都還喝不到一半。

宴會結束後，我們並排在洗碗槽前洗碗盤。

『啊，頭還好暈。』

『我也是。』

『誠人，你的酒量也很差呢。』

『嗯，我還不習慣喝酒。』

『好像是。』

為了她，我特地從架子上搬來電話簿，放在洗碗槽下面。厚度大約十公分，多少可以幫她墊高一些。

『不過，我有點怕會遭天譴。』她說。

『為什麼？』

『因為我腳下踩著幾萬人的名字。』

『不用擔心。』

『為什麼？』

『因為妳輕得令人無法相信，所以，沒有人會抱怨妳太重。』

『是這樣嗎？』

『嗯，就是這樣。』

睡覺時間到了，她的睡覺場所是個問題。總不能叫她跟我同睡一張床吧。

『這東西不錯。』

她指著放在餐廳角落的豆莢靠枕。那是個名副其實的大靠枕，有著淺綠色皮套，裡面裝滿了聚苯乙烯做的豆子。

『你看。』說著，她蜷起身軀縮躺在靠枕中央，很像某種被包在繭裡的蛹。

『嗯，睡起來很舒服，我就睡這裡了。』

『那樣可以嗎？不會很難睡嗎？』

『放心吧，我在家也是這樣縮成一團睡覺。』

『那麼，我拿毛毯給妳。』

把毛毯拉到肩膀的她，有點像將頭部微微探出殼外的蠶豆。

『ＯＫ，這裡就是我的寢室了。』

於是，我們各自在自己的寢室更換睡衣。

放著我那張床的房間，與餐廳相連接，所以就像同一個房間。用來隔開兩個區間的拉門，已經被拆下來了。所以，我們是背對背更換衣服，可是，她的身影清清楚楚映在我前面的窗戶玻璃上。我想移開視線，可是，好奇心使我繼續看下去。

這一天，她穿著灰綠色長罩衫。脫下長罩衫後，裡面只有白色的棉製內衣背心與短褲。只穿著內衣的她，看起來比平時更瘦小。無一處有女人味的曲線，從頭到腳都是一直線。

如果她脖子後面被縫上牌子，上面應該是寫著『成分：甜甜圈餅乾一〇〇％，尺寸：SSS。』

她從麻布包拿出橄欖綠睡衣，往頭上套下去。可是，那件睡衣跟剛才脫掉的長罩衫，幾乎沒什麼差別。

我轉過頭，假裝現在才看到的樣子，對她說：

『這就是妳的睡衣？看起來跟妳白天穿的那件沒什麼不一樣嘛。』

她兩手抓著腰間附近的布，低著頭往下看。

『是這樣嗎？』她抬起頭來。

『可是，這是英國製睡衣，很貴呢。』

我感到很意外。別看她這樣子，說不定她也很在意外表裝扮呢，縱然她的感受性與常人有點差距。

『妳平常穿的衣服也是？』

『不是。』靜流搖搖頭。

『那些是我自己縫的。我的身材很不勻稱，如果穿成衣，不是有些地方太緊，就是有些地方太大。』

『太緊？會有地方太緊嗎？』

『當然會有啊。「雛菊尺寸」或「櫻桃尺寸」，就是賣給我們這種個子嬌小的女性，可是，那些衣服還是會不合身。』

『真累呢。』

『就是啊。』

我在我自己床上躺下後，對餐廳裡的靜流說：『我要關燈囉。』

『留下小燈泡。』

『小燈泡？』

『就是那盞橘紅色小燈泡嘛。』

『啊，妳是說小夜燈？好吧。』

『我怕伸手不見五指。』

『哈哈。』我笑了起來。

『妳還是個孩子呢。』

她沒有接腔。沈默不悅的空氣從隔壁飄了過來。

我伸出手來拉日光燈的開關線。照她的意思，留下了小燈泡。屋子變成日落前的黃昏天空般的顏色與亮度。

『喂。』她說。

『什麼？』

『我們喝剩的酒。』

『嗯。』

『要不要放進隔壁的暗房？』

『為什麼？』

『說不定會更成熟啊。』

『可是，已經接觸到空氣了。』

『那就不行了嗎？』

『大概。』

『好可惜哦。』

過了沒多久，她又『喂』了一聲。

『什麼？』

『我睡不著。』

『我也是，一定是喝了酒的關係。』

『啊，這樣啊……』

『睡在那裡的感覺如何？』

『放心吧，我睡得很安穩。』

『那就好，冷不冷？』

『不會。』

『那麼，晚安。』

『晚安。』

可是，我一直聽到她在豆莢靠枕裡窸窸窣窣翻來覆去的聲音。她吸吸鼻子，又唉地嘆了一口氣。

『什麼？』

我問她，她立刻回我說：『我什麼也沒說啊。』

『可是，妳唉了一聲。』

『嗯，我在想很多事。』

『哦？』

『是啊。』

接著，她又嘆了一口氣，然後是長時間的沈默。

『喂。』她說。

『什麼？』

『你不問我「怎麼了」嗎？』
『我剛剛不是問了嗎？』
『不是啦，』她顯得有些焦躁。
『我剛剛不是唉地嘆了一口氣嗎？』
『啊，沒關係，妳不想說就算了。』
『嗯，可是，我還是想告訴你。』
『那麼，請說吧。』
『其實也不是什麼大不了的事。』靜流說：『她嘮嘮叨叨唸了我一長串，把我惹火了，所以我拿了她的日記……』
『妳偷看她的日記？』
靜流說她沒有，她才不想看她的日記。
『因為裡面一定寫了很多我的壞話。』
『這麼糟？』
『嗯，我們處得很不好。』
我不知道該說些什麼，默默聽著她說。
『然後，』靜流接著說：『我把那本日記攤開來，放在我父親書房裡的書桌上。』

『唔哇！』

『我狠起來時也是狠。』

『好像是呢。』

『第二天早上，我後母衝進我房間，對我大叫說「妳給我滾」！』

『我想也是。』

『但是，』靜流說：『那就表示她日記裡寫了不能給我父親看的事吧？』

『是這樣嗎？』

『是啊。』

『妳父親說了什麼？』

『後來我打電話給他，他完全沒有提起日記的事。只跟我說，這也是個好機會，要我去外面生活看看，他會在金錢上資助我。』

『所以妳現在才會在這裡？』

『對，就是這樣。』

『換洗衣服呢？』

『只有袋子裡那一些，我想等我後母不在家時再回去拿。』

『嗯，』我說：『總之，妳想待多久就待多久，不去找房子也沒關係。』

『那麼，我要在這裡待一輩子。』

我不由得苦笑起來。

『我可不是一輩子都住在這裡哦。』

『說得也是……』

說完，她打了一個小小呵欠。

『想睡了嗎？』

『好像是。』

『那麼，這次真的晚安了。』

『嗯，晚安。』

我又躺回床上，餐廳處也響起調整靠枕位置的窸窣聲。然後，沒一會兒工夫，她就發出了非常原創性的鼾聲。像個孩子般，她很快就熟睡了。

我側過頭，就可以看到睡在餐廳的靜流。她把毛毯拉到鼻子熟睡著。在靠枕中縮成一團的她，完全沒有設防，看得我莫名地心疼。想到恐怕只有我這樣的人會接近她，就更讓我疼惜不捨。不管我當她是新的家人，或是迷了路來到我家的小狗，總之，我已經接受了她。在天堂的森林，我第一次對自己破了例。那是開端，而這個狀況是結果，抑或是到達結果的過程中的某個階段吧。

我發現，我雖然覺得事情變得很詭異，卻絲毫沒有不快的感覺。非但如此，還是撩動我心弦的快樂事件。從來沒有朋友來我家住過，我也從來沒有去朋友家住過。所以，在自己屋裡聽到另一個人的鼾聲，是很新鮮的體驗。靜流的原創性鼾聲，讓我的心如廟會中的笛子般鼓譟起來。

我描繪著從明天起跟她一起的生活，像個期待遠足的孩子般興奮，好不容易才漸漸進入了夢鄉。

*

早上，她也跟我一起吃了煎蛋跟熱狗。雖然這是第二次看到，而且是在沒有喝酒的清醒狀態下，我還是感動不已。

『有種很不可思議的感覺。』

『因為我吃了甜甜圈餅乾之外的東西？』

『是啊。』

『最近我的食慾稍微增加了，開始會想吃各種東西。』

『這是好事，而且非常健康。』

『我本來就很健康啊，生病跟我幾乎毫無緣分。』

『就算那樣也得吃。』

『嗯，沒錯。』

我們一起離開公寓，往學校走去。從公寓走到學校，大約十分鐘的路程。

『會不會被誰看見？』她顯得侷促不安。

『這裡跟車站是相反方向，幾乎沒有學生。』

『那就好。』

說是這麼說，接近學校時，她還是跟我拉開了距離。仔細想想，同居的事萬一被踢爆，會惹來一身腥的人應該是我，她卻當成自己的事般替我設想。她其實可以一不做二不休爆出這件事，使我的單戀劃下休止符，但是，她似乎想都沒想過要這麼做。

*

學校生活還是一如往常。

大家的就業準備越來越忙，我們也越來越投入攝影中。

拍攝的照片收集到相當份量了。我們利用同居之便，經常熬夜埋頭進行沖洗顯影作業。小小的浴室設備，用衣夾子夾滿了經過沖洗的底片。有好幾次，我們不得不去附近的澡堂洗澡。

日子過得很快樂，我們常常開懷大笑。每當兩人想起之前為何事相對而笑時，就會因為那件事再次相對而笑。

有時，皮膚病會在背部靠近肩胛骨的地方發作。

癢到受不了時，我會叫她來幫我搔癢。因為那是我自己怎麼樣都搔不到的地方。

她小小的指甲，會抓得恰到好處，徹底消除我的搔癢感。

『有人在身旁的好處，』我說：『應該就是自己抓不到的癢處，可以這樣請對方幫忙抓吧。』

『不管是現實或比喻嗎？』

『嗯。』

她好像隱隱約約察覺到了那些以色列製藥膏的意義，但是，自從那天問過一次後，她不曾再問過我第二次。

睡前，我們會躺在各自床上，天南地北的聊開來。

『你為什麼開始攝影？』

有一次她這麼問我。

『那是我父親送我的禮物。』我說：

『我十三歲生日時，我父親買了相機給我。不過，不是單眼相機，而是給初學者使用的傻瓜相機。』

當時，我已經開始跟周遭人保持距離，每天都一個人在河邊或雜樹林裡晃來晃去。可能是父親注意到這個狀況，所以，送給了兒子最適用的禮物。如果當時父親買給我的是小狗而不是相機，我之後的人生大概也會完全不一樣吧？說不定我現在的目標是當個獸醫。

『我很開心，拿著相機到處亂拍。拍雲、拍交通標誌、拍蜥蜴或是被丟棄的玩偶。』

『跟現在一樣。』

『哪有一樣？』

『你總是不拍人。』

『說得也是，我只拍過靜流一個人，因為我不擅長拍人。』

『那是我的光榮。』

『是嗎？』

『嗯，表示我是你唯一的專屬模特兒。』

『嗯。』

『你要再多拍一些哦，即使要我裸體我也不排斥。』

我必須很小心應付她這句話。如果輕率回答她『嗯』，很可能要面對她真的脫光衣服的危機（這叫什麼危機啊？）；拒絕得太露骨，又會傷害她身為女性的自尊。

『可能吧，』我說：『或許哪天我會拜託妳。』

『現在還不拍嗎？』

『嗯，我現在還不拍。』

『因為模特兒太沒料了嗎？』

『不是——』

我該如回答呢？

『呃，也是為了維繫我們現在的良好關係。』

『只是普通朋友，沒有ＳＥＸ的關係嗎？』

那是約翰·符傲思（John Fowles）的《魔術師》中的句子。她在我書架上找到那本書，最近一直在閱讀。她曾經從書中抬起頭來問我『裡頭的ＪＯＪＯ是不是跟我很像？』『就是老吸著鼻子那副德行啊』，我沒說什麼，只是微微笑著。

現在，我也一樣沒說什麼，只是在橘色的燈光中微微笑著。要找到委婉的答案來回應她率直的發問，幾乎是不可能的任務。

『沒錯。』我回答她。

『要順利同居下去，我們彼此都必須忘了性這回事。到目前為止我們都是這麼做，今後也必須持續下去。』

『你說得對。』她用非比尋常的成熟聲音說。她本來就是比較嘶啞的音質，所以，這麼沈穩地說話，聽起來就會很成熟。

『那正是我所願。』她說：『所以，很遺憾，裸體就暫時保留囉。』

『嗯。』

『我是怕萬一誠人一時失去了理智就麻煩了。』

『嗯，沒錯，我沒有自信可以克制自己。』

哈哈哈，她乾笑著。那種笑法，彷彿在暗示我，我們的玩笑一點都不好笑。的確是不怎麼好笑，而且本來就不是該拿來當笑話的話題。

另一晚。

『妳最近跟美雪戴了一樣的手環呢。』

『是啊，她的是紫水晶，我的是芙蓉石。』

『那都是具有愛的力量的石頭嘛。』

『是啊，我們都是渴望愛情的女人。』

『何止妳們，幾乎所有女人都渴望愛情吧？』

『沒錯，男人也是一樣吧？』

『嗯，大家都渴望愛情，可是愛情總是錯身而過。』

我聽見靜流在靠枕中微微扭動身軀的聲音。過了一會，她輕聲囁嚅地說：『如果這個世界更單純一點就好了。』

『怎麼說呢？』

『因為必須我喜歡這個人，這個人也喜歡我，愛情才能成立，所以很困難。』

『說得也是。』

『如果我喜歡這個人，愛情就能成立，那不是簡單多了嗎？』

『嗯，我也常常這麼想。』

『這麼一來，就可以成就全世界的愛情了。』

『單戀的行星啊？』

『對。』

經過一段柔和的沈默後，她又補上一句話。

『在那個行星上，我跟誠人也不需要再有什麼期盼了。』

我無言以對，只能盯著天花板思索：思索我的想法、靜流的想法，以及掌握在我手中的一人份的幸福。

『喂，』她說：『生活在這個地球上的我們，今後將何去何從呢？』

或許，只有靜流——只有拋出這個疑問的她，才知道那個答案吧。

＊

『你發現了嗎？』美雪問我。

『發現什麼？』

『靜流啊。』

現在正在上的是『英美時事』這堂課。不用說，白濱跟關口又自動蹺課了。

『靜流怎麼了？』

『她有了些改變。』

『有嗎？』

『好像成熟多了。』

『因為頭髮留長了吧？』

『不只是那樣，好像臉部表情、身體線條都變得柔和了。』

『有嗎？』

『嗯，你沒發現嗎？』

我的確沒發現。

『誠人，你對這種事實在太遲鈍了。』

美雪撩起長髮，瞇起眼睛來看著我。

『你從來不注意女生吧？』

『怎麼會呢。』

『那麼，你知道嗎？』

『知道什麼？』

『今天是我的生日。』

『咦？』

我驚慌抬起頭來的那一剎那，跟她四目交接了；我的眼睛直直看著那對——我一直、一直不敢直視的——她的眼睛。於是，我這才注意到，美雪也是一個女孩子。

哦，美雪當然是個女孩子，只是，在這之前，我一直把她當成了位於那之上的某種存在；某種超越性的、絕對性的存在。可是，現在，映入我眼簾的她的眼睛，既沒有超越任何東西，也一點都不絕對；只是個非常普通的女孩。雖然很漂亮，但那只是外表，裡面隱藏著晚熟而害羞的美雪。只要看她的眼睛就知道了，我卻老是看著她肩頭，所以完全沒發現這件事。

『怎麼樣，』她說：『你完全沒注意到吧？』

不管是這件事、那件事、任何事，我統統都沒注意到。

『妳說得沒錯，可是——』我說：『啊，不是，我是忘了今天是幾號。』

『沒關係啦，重要的是……』她欲言又止。

我用『是什麼？』的表情面向她，她還是只管點頭，半天擠不出話來。

『啊！』

反應超慢的我也終於想起來了。

『禮物。』

不知道是不是我太多心，總覺得我一說出口，她就脹紅了臉。

『不是啦。』她又趕緊補充說：『也沒錯啦，可是，不是東西。』

『不是東西？』

『呃，』她說：『這個禮拜天我想請你跟我去一個地方。』

可以嗎？她詢問我。

『去哪？』

她指著在膝蓋上攤開來的女性雜誌。

『羅曼蒂克婚紗展。』

『啊，結婚禮服啊。』

『沒錯，可是，規定一定要男女成對才能去，所以——』

對於美雪這個願望，身為男性的我有點難以理解。剛認識她時，我就覺得她對『結婚』的憧憬，不是把結婚當成經營人生的一部分，而是徹底切割開來了。看似很不自然，但是，對女生來說，或許是非常自然的一件事。畢竟，真的有很多女性，在還沒有遇到將來伴侶的幼年時期，就會說：『我想當新娘子！』

『好啊。』我回答她。

為了讓聲音不會顯得太過亢奮，我做了很大的壓抑。

『真的嗎？』

『嗯，反正我禮拜天也沒事做。』

我確實沒有什麼行程，只是，週末跟靜流出遠門尋找攝影題材，已經成了例行公事。但是，也只能請她諒解了。

『太好了，謝謝你。』

『嗯，可是，妳真的要我這種人陪妳去嗎？』

『哪種人？』

她用百思不解的表情看著我，所以，我很鎮定的搖了搖頭。

『沒啦，沒什麼。』

她那百思不解的表情，給了我莫名的喜悅。

*

回到公寓後，我問靜流。

『妳知道今天是美雪的生日嗎？』

她整個人縮在靠枕裡閱讀傑克·芬尼（Jack Finney）。那是她最近迷上的一本書。

『知道啊。』她從書中抬起了頭。

『我昨天給她禮物了。』

『又是珠子？』

『對，是White heart的項鍊。』

『那是什麼東西？』

『是古董珠子。』

哦，我在她旁邊坐了下來。

『她說今天要跟家人去吃飯。』

『好像每年都會去。』

『好像是。』

然後，她一副『怎麼了？』的表情看著我。

『幹嘛？』

『你好像跟平常不太一樣，怎麼了？』

靜流表現出來的這種銳利直覺，每回都讓我暗吃一驚。她可以從我漫不經心的行為態度，採集到她令人無法置信的大量資訊。就某方面來說，她比我都還要了解我自己。

我會『跟平常不太一樣』，是因為有根小小的芒刺卡在我心中。那就是我將打破我們之間的不成文規定。而且，是丟下靜流，跟美雪兩人一起出去。

這件事讓我一顆心七上八下。

『星期天，』我想說出來會比較輕鬆些：『可能不能像平常那樣去攝影，因為我跟美雪約好了。』

靜流的表情沒有改變。鏡片後的大眼睛，默默注視著我。

『去看婚紗展嗎？』

『是啊，妳知道？』

她輕輕點了點頭。

『美雪一直很想去，可是，原則上是以有婚約的情侶為對象，所以，她幾乎要放棄了。』

『我陪她一起去，就會被當成情侶，所以她才——』

『大概是吧，她一定是鼓起了很大的勇氣拜託你。』

起碼，表面上是往好的方向發展了。想到『所以她才——』的我，似乎有點太得寸進尺了。

我問她：『妳要不要一起去？』

瞬間，她流露出淒然神色，我知道我傷害了她。卡在心中的芒刺隱隱作痛。

靜流低聲囁嚅：『不需要兩個新娘子。』

她避開我的視線，再度回到傑克·芬尼的書中。

翻了幾頁後，她又補充說明：『我對婚紗沒興趣，因為對我來說每件都太大了。』

然後是一片沈默。她說完後，我一直找不到該說的話來回應她。

氣氛很尷尬，那是我個人的尷尬。她察覺後，還是對我伸出了援手。她放下書本，看著我說：『等我長大後再一起去吧。』

她伸出雙手的食指指向我，微微搖晃著，擺出戲謔的姿態。

『這是很難得的機會，你開開心心去玩吧。』

嗯，我點了點頭，可是，心卻一點都開朗不起來。

晚餐時，我問靜流。

『妳最近是不是哪裡變了？』

『什麼哪裡？你說哪啊？』

『我是說妳的哪裡。』

她頓時脹紅了臉。

『你怎麼知道？』

『嗯——』

看出來的人不是我，而是美雪。但是，我決定瞞著她。因為，我覺得她通紅的臉頰，有一半是被『我有看出來的喜悅』給染紅的。

她走到隔壁房間，窸窸窣窣摸索了一陣子後，又回到餐廳來。背後好像藏了什麼東西。

『你說「鏘」！』

她嘻嘻笑著。

我應她要求，敲響了透明的鐃鈸。

『鏘！』

『你瞧！』她拿出來給我看的東西，是很可愛的玫瑰粉紅胸罩。

『我買了，有生以來第一次呢。』

『咦，那麼——』

她隔著長罩衫，把胸罩套在胸前給我看。

『我的胸部變大了呢。』

『真的嗎？』

『嗯，真的，背心內衣的胸部變緊了，很難過。』

靜流把胸罩套在胸前扭著腰的樣子，有點像卡通人物貝蒂。

『太好了，』我不由得冒出這句話來，『靜流還在成長呢。』

她點點頭，嘿嘿笑了起來。

仔細一看，她身體的曲線似乎真的變得柔和了。不知道是不是心理作用，總覺得她的臉也變成熟了。

『個子也長高了一點呢。』

『這樣啊，我都沒看出來。』

『也難怪你沒看出來，因為只長高了一公分。』

『那也是長高了啊。』

『嗯，託你的福。』

『說真的，妳最近變得很能吃，終於進入成長期了。』

『只是比一般人晚了一些。』靜流說：『我一定會趕上大家。』

『我會變得很不得了哦，怎麼辦？』她這麼說，把臉貼近了我。

『所有地方？』

『對，所有地方，不管這裡、那裡、任何地方。』

『我該怎麼辦呢？』

『你先想好吧。』

她把玫瑰粉紅的胸罩塞進長罩衫的口袋後，又繼續吃晚餐。

看著大口大口把食物送進嘴巴的靜流，我突然湧出了愛憐之情。

她正在成長，很努力的活著——或許，是這樣的感受編織出來的情感吧。

晚上，我在床上躺平後問她。

『可是，為什麼呢？』

她從餐廳回應我。

『什麼為什麼？』

『妳的成長啊，為什麼現在才開始？』

她沈默了好一會。我聽到她茲茲茲吸著鼻子的聲音。

『我想，』她說：『一定是因為愛。』

『愛？』

『對，愛。』

這次換我沈默了。

也就是說，她對我的情意成為引線，促動了荷爾蒙的分泌。應該是這樣吧？是我嗎？我不禁要這麼想。是這樣的我讓她成長了嗎？是我讓她的胸部膨脹起來，讓她的臀部增添了脂肪嗎？是這樣嗎？

『我死去的母親也是這樣。』她說：『在遇到我父親之前，她也是小女孩的身材。但是，戀愛讓她搖身變成了成熟的女性。』

『那麼，這是家族遺傳囉？』

可能是吧，靜流這麼說。

『妳母親是在妳幾歲時去世的？』

『八歲。』

『生病死的？』

『應該是吧，我也不是很清楚。現在已經不太記得了，而且我也從來沒有仔細問過。』

『是嗎？』

『好像在某個很遙遠的地方休養了很長一段時間。』

她只記得這樣。

『妳很難過嗎？』

『只有一點。因為她臨終那一刻我並不在場，感覺上好像是在不知不覺中消失了。』

『這樣啊。』

『是啊。』

她就此關上了話匣子。每次先有睡意的都是靜流，所以，我把她的沈默當成了她所發出來的睡意信號。靜寂與淡淡的光線融合，催人進入溫柔的夢鄉。就在我不自覺地正要踏入夢鄉入口時，又被靜流的聲音拉了回來。

『你儘管去，不用在意我。』

嗯？我發出會意不過來的聲音。

『我是說婚紗展。』

『哦，嗯，我會去。』

『不只是去，還要玩得開心。』

『嗯，我會努力。』

然後，突然靈光一閃，我脫口而出：『靜流，妳跟美雪有點像呢。』

『什麼嘛，這麼唐突。』

『不知道，我突然有這種感覺。』

『我跟美雪？』
『嗯。』
『一點都不像。』
『也許吧。』我打了個大呵欠。
『只是我自己這麼想而已，不要介意。』
跟她道過晚安後，我鑽進了棉被裡。
隔了好長一段時間，我才聽到靜流回覆晚安的聲音。

＊

思考了一會，我把手上的軟膏容器放回了原處。我決定不靠藥物，撐過今天一整天。因為會場一定很擁擠，無法跟人保持距離，那麼，一點點的藥味都可能被聞出來。
『喂，』靜流從背後叫我。
『穿這件夾克吧？』
我回過頭，看到靜流手上提著我入學典禮時穿的茶色羊毛夾克。
『你好像沒得選擇呢，你沒什麼衣服吧？』
『因為我向來都只穿襯衫跟牛仔褲。』

『你有淺紅茶色休閒褲，所以，只能把這兩件搭配在一起了。』
『那是我入學典禮時的搭配。』
唷唷唷，靜流說：『你八成打算畢業典禮時也穿這一套吧？』
『當然，』我說：『我就是這麼打算。』
靜流用受不了的眼神看著我。我想那應該只是玩笑。
『不管你了，快點換衣服吧，沒時間了。』
我在她催促下脫了睡衣，換上襯衫，套上了休閒褲。
我面對鏡子用水抹平東翹西翹的頭髮時，她走到了我身旁。
『帶著這個。』
她遞給了我一張萬圓大鈔。
『借你，等你拿到打工錢再還我。』
『可是——』
『喂，』她制止我。
『今天美雪可是去尋夢哦，尋找純白的夢。』
『嗯。』
『所以囉，如果那之後你帶她去家族式餐廳吃飯，會怎麼樣呢？』
被她說中了，我的確是打算帶她去家族式餐廳。看來，我又差點犯了大錯。

『你身上有多少錢？』
『呃，兩千四百圓吧。』
『我就知道，哪有人只帶那些錢去約會呢。』
『約會？』
『那是約會吧？』
我連這種事都不知道。我一直以為，美雪只是把我當成進入婚紗會場的入場券之類的東西。
約會？這麼一想，我開始緊張起來。仔細想來，這還是我第一次跟美雪單獨去某個地方呢。
『總之，要去有氣氛的店用餐，知道嗎？例如法國餐廳或義大利餐廳。』
『我沒去過那種地方。』
『沒關係，你只要說我們去吃法國料理吧，她就會知道去哪家店。』
『哦。』
靜流又繼續說：『結帳時，你裝出要請她的樣子。』
『裝？』
『對。可是，美雪會說她要付自己那一份，那時候你就不要堅持了。』
『是這樣嗎？』

『是啦，你做得到嗎？』

『不知道，我會試著去做。』

『真不放心呢。』靜流從各個角度打量我。

『放心吧。』

『我看一點都不能放心吧。』

『的確是。』

她噗哧笑了起來。

『你真老實。』

我們兩人一起走向玄關。我穿鞋時，靜流站在我後面。

唉——她嘆了一口氣。

『那聲「唉」是什麼心情的「唉」？』我問她。

突然間，她拋出了猶豫的沈默。背對著她的我，看不見她的表情。所以，完全採信了她接下來所說的話。

『送晚熟、反應遲鈍的弟弟出門的姊姊的心情。』靜流說：『就是這樣。』

『放心吧，』我說：『我會好好表現。』

『我想也是。』說完，她後退幾步看著我。

『嗯，真是個不錯的男人，這樣的確不會有問題。』

『那麼，我走了。』

說完，我走出玄關，下了樓梯，往車站走去。聽到背後好像有什麼聲音，我回過頭，看到靜流追了上來。

『鞋子、鞋子！』

我低頭看我的腳，映入眼簾的是一雙有點髒的帆布鞋。原來，我習慣性地穿上了去學校的布鞋。我當場換上她拿來的皮鞋，再出發前往車站。

走了好一段路後回頭看，她還站在路中央，一直目送著我。我對她揮了揮手，可是，她好像沒看見。

的確有很多情侶。但是，現場並沒有檢查，所以，並不完全是男生跟女生的組合。最意外的是，看到了母女二人組。沒有母親跟母親，或是女兒跟女兒的二人組，當然也沒有男生跟男生的二人組。

有大約三位女性沒有攜伴。她們像輸了某場遊戲，垂頭喪氣的定坐在座位上。彷佛一離開座位就是更大的失敗，她們頑強地釘在位子上。

我想問題應該出在『原則』上。這個曖昧不清的規則，讓她們看起來像失敗者。

坐在女性身旁的男士們，果然都只是把自己當成了入場券般的存在，至少，在這個場合只有那樣的意義。他們各個都顯得意興闌珊，索然無味。也有男性裝出充滿熱忱的樣子，但是，在女性們一頭熱的興奮中，那種演技很快就被模糊掉了。

不久後，表演秀開始了。

不愧是羅曼蒂克婚紗展，所有表演都脫離不了羅曼蒂克；那是女孩子們的夢，是純白的夢。但是，我完全沒有心情看，因為我正忙著與搔癢感奮戰，從我眼前經過的模特兒，我一個也沒看清楚，只看到什麼白晃晃的東西在我眼前飄來飄去。會場被女孩們的熱情炒得升溫，我又穿著羊毛外套，這些都使得我的狀況更加惡化。

我偷偷看了身旁的美雪一眼，她正沈浸在純白的夢中，完全沒有察覺到身旁男士的苦惱。那模樣，就像她自己是新娘，正跟著吹喇叭的天使走在紅毯上。雖然我無心欣賞，還是覺得她那樣子很惹人愛憐。

對她們來說是短暫的美夢，對我來說卻像永無止境的惡夢。這場惡夢終於結束了，我們跟著熱氣、嘆息聲、甜美的香味，一起被推出了會場外。

『吁。』果然連美雪都發出了嘆息聲。

『太精采了……』

『嗯。』

冷氣拂面而來，多少減輕了我的搔癢感。

『謝謝。』她說：『因為你的關係，讓我度過了快樂時光。』

『哪裡，』我說：『我什麼也沒做。』

『不，』美雪搖搖頭說：『我知道光坐在那裡就很辛苦了。』

瞬間，我還以為她發現了我全身發癢的事。

『對男人來說，那種地方很無聊吧？』

我先是說不會，隨即又老實的點了點頭。

『對吧？更何況我們也不是已經準備結婚的情侶。』

『嗯。』

說著，我們並肩走在黃昏的街道上，往車站去。

『聽說有很多對情侶當場訂了婚紗呢。』美雪羨慕的說。

『是啊，因為那些婚紗都很漂亮。』

『嗯，連我都想要了。』

『不過，都很貴呢，看得我大吃一驚。』

『一輩子只買一件嘛。』

百貨店林立的大馬路上，人來人往熙熙攘攘。我已經很久沒有這樣一下子看到這麼多人了，看得我頭昏眼花。

『肚子餓不餓？』美雪問我。

來了——我心想。

『餓了。』我說。

『吃法國料理怎麼樣？』我試探她。
『好啊，我知道一家店不錯吃。』
『是嗎？』
『誠人有可以推薦的店嗎？』
『我沒有特別可以推薦的店，就去妳說的那家吧。』
從大馬路彎進去的一條深巷裡，有家氣氛非常好的南法料理餐廳，我們決定去那裡吃晚餐。
裡面的暖氣很強，萬蟲鑽動般的搔癢感又捲土重來了。
『我常跟我爸爸來。』
美雪說著，跟我一起坐上了吧台。
『哦，你們感情很好呢。』
『有點被強押進溫室的感覺。』
『溫室花朵？』
『對，鐵製溫室，所以我才會這麼晚熟。』
『原來如此。』
她嘻嘻嘻地笑了起來，不知道在笑什麼。
『現在，』她繼續說：『連就業都是靠我爸爸的關係，其結果是，我大學畢業後還是走不出那個溫室。』

選酒時，因為我對酒不熟，所以由她全權作主，她駕輕就熟地點了兩杯酒。

『我不太習慣這種地方。』我老實向她招供。『所以，完全由妳作主。』

美雪點點頭，料理也全都是她點的。我也知道這樣有點遜，可是，在出糗之前先說清楚，心情會比較輕鬆。我彷彿聽到了靜流咂嘴的聲音。

『工作地方已經決定了啊？好快。』

聽到我這麼說，她撩起頭髮，輕輕點著頭。

『不能說是內定，但是，已經見過人事部的人，大致底定了。』

『什麼樣的地方？』

『是外商公司。剛開始可能會去美國工作。唯獨這一點，是我個人任性的要求。』

『美國啊，好遠。』

『到時就不能見面了。』

這句話聽得我怦然心動。很可能是我過度解讀了她的言外之意。

『是啊，現在每天見面，到時會覺得很寂寞。』

『不過，還有一年呢。』

『嗯。』

服務生把酒放在吧台上，我們端起了起酒杯。

『好香。』

『是啊。』

她以優雅的姿態喝了一口，說好喝。跟像貓一樣伸出舌頭來確認味道的某人不太一樣。我想起了這個某人所說的話——我跟她一點都不像。

不久後，料理一道道上來，我們埋頭吃了好一陣子。大蒜味與香料味撲鼻的每一道料理都很好吃，可是，吃得身體更溫暖了，搔癢感也越嚴重了。

我說我去一下廁所，起身離開了座位。一進廁所，我就隔著襯衫猛抓側腹部，這裡是最癢的地方。出了一身汗，所以我洗了臉。正要從夾克口袋掏出手帕時，手摸到了小小的容器。

是以色列製軟膏。為什麼會在這裡？

眼前立刻浮現出靜流的臉。一定是她。我不再多想，開心地立刻使用藥膏。我脫下外套，捲起襯衫，將藥膏塗在側腹部與背部。顧慮到接下來的行動，我將藥量減到最少。

我穿上外套，從跟放藥膏不同的另一個口袋，拿出小小的包裝物，回到吧台。

坐上高椅前，我對她說『拿去』，把小包遞給了她。

『雖然晚了一點，但是，祝妳生日快樂。』

『咦？真的？』美雪驚訝的張大了眼睛。有這麼意外嗎？或許有吧，畢竟到去年為止，我連她的生日是什麼時候都不知道。

『可以打開來看嗎？』

『當然可以。』

打開包裝後，她啊地倒抽了一口氣。

『這是……』

『嗯。』

『這是流星吧？』她看著我說。

『是啊。』

那是一張放在壓克力製相框裡的流星照片。

『很久以前，我還是國中生時拍的。』我向她解說：『是獅子座流星群哦，成一直線滑落的白色光影就是流星。』

『嗯，很漂亮。』她把視線拉回照片上，浮現出做夢般的表情。

『有這麼多流星啊？』

『嗯，我把固定在三腳架上的相機對著天空，開著快門大約五分鐘，就拍到了這麼多流星。』

在漆黑的背景下，星星們隨著地球自轉，在照片上劃出了弧形軌跡。狀似箭頭的光痕成放射線狀長驅直下，幾乎與那些軌跡交錯，那就是流星。

顯像後，第一次看到這張照片時，我感動到背上寒毛直立。

美雪把相框抱在胸前，對我說：『謝謝，我很開心。』

『太好了，妳喜歡。』

高興得像個孩子般的美雪，讓我有些感動。那是我從來沒看過的她的新鮮表情。

『不是有人說流星可以實現願望嗎？所以，有這張照片，說不定可以實現什麼願望。』

聽到我這麼說，她的臉頓時明亮起來。

『這張照片也有這種含意？』

『嗯，是啊。』

『這是最珍貴的禮物。』

我心想，也是比任何人都不花錢的禮物。但是，對我來說，這已經是我的極限了。

『我會當成一輩子的寶物。』

瞬間，我感覺到我渺小的自我不斷膨脹開來。心臟在我薄弱的胸膛中跳著喜悅之舞。

我如夢似幻地吃著料理，如夢似幻地與她繼續交談。

用完餐，從高椅站起來時，我覺得自己好像長高了一些。八成是整個人都樂得浮在半空中了，至少離地三公分。

到了收銀台，我才從夢中清醒過來，想起靜流說的話。我從休閒褲口袋拿出錢包，對美雪說：『我來付錢。』

『咦？不用啦，今天是我硬拉你出來陪我，所以我來付。』

靜流說過不要跟她推來推去，所以，我說：『那麼，各付各的吧？』

我拿出靜流給我的萬圓大鈔先付了錢，美雪把她那一份交給了我。此時，我也非常感謝靜流的設想周到。如果沒有這一萬圓大鈔，就不可能在這麼漂亮的餐廳吃晚餐了。

走出店外，整個街道已經籠罩在夜色帷幕中，從大樓與大樓之間，可以看到星星閃著微弱的光芒。

『可以看到流星嗎？』美雪望著天空說。

『要離城市遠一點才行，那張照片也是在山上拍的。』

『你還會再拍嗎？』

美雪側過臉來，抬頭看著我，長髮輕輕搖曳著。

『不知道呢，我已經好幾年沒拍天體照了。』

『那麼，如果你要再拍，』美雪雙頰泛著粉紅色彩的臉龐，近在眼前。

『可以帶我一起去嗎？』

我想，她八成也醉了，不然不會說出這種話來。明天，她一定會忘了她現在說的話，一定會。

所以，我也很輕鬆的回答她。

『好啊，我們一起去拍星星。』

『真的嗎？』

『嗯。』

『約定了哦？』

『約定了。』

太棒了！她叫著，合起了雙手。那模樣，我也是第一次看到。

到了車站，她一臉正經的對我說：『今天真的很謝謝你，我很開心。』

『嗯，那就好，我也很開心。』

『總覺得——』她欲語還休，視線落到腳下，然後又抬起頭來。

『我收到了有生以來最好的生日禮物，包括今天所有的一切在內。』

彷彿被自己這句話嚇到似的，美雪瞪大了眼睛，只拋下一句『那麼，再見了』就逃也似的跑了。

一個人被丟在紛亂雜沓中的我，只是茫然目送著她離去的背影。
整個人彷彿飄浮在半空中，離中央大廳的瓷磚約三公分。

回到公寓時還不到十點。
一進餐廳，就看到靜流蜷縮在豆莢靠枕中閱讀文庫本。
發現我進來，她抬起頭來，用很重的鼻音對我說：『回來了啊？』
『嗯，我回來了。』
我說。若無其事的看了一下房間角落的垃圾桶。果不其然，裡面塞滿了衛生紙。她哭了。但是，我假裝沒注意到。她也知道被我發現了，但是，什麼也沒說。
『結果如何？』靜流問我。
『嗯，還好。』
『還好？』
『對，還好。』
哦——她發出疑惑的聲音，抬起頭看著我。
『美雪看婚紗看得入迷。』
『因為很漂亮吧？』
『嗯，白白柔柔的。』

她笑著說：『婚紗都是白白柔柔的啊。』
『大概是吧。』
晚餐呢？她問我。
『嗯，去了美雪常去的南法料理店。』
她點著頭，一副『你看吧』的神態。
『一切都如妳所說，那筆錢也幫了我大忙。』
『哪裡、哪裡。』
然後，我突然想起了那件事。
『喂，這東西，』我從外套口袋拿出軟膏容器。
『是不是妳替我放進去的？』
她從遠視眼鏡深處，將茫然的視線投注在我手上。
『不是，』她說：『不是我。』
還用百思不解的表情看著我，演技精湛到無懈可擊。
『哎喲，』她說：『那不是上次那個很曖昧的俄語軟膏嗎？』
她把雙掌貼在臉頰上，擺出連說出口都很不好意思的模樣。
『所以囉，你跟美雪約會，我怎麼可能讓你帶那種東西去呢？』
她用『不會吧？』的眼神看著我說：『你用了？』

『沒有。』我把軟膏放進口袋裡。
『我們是很健康的約會，用不到這種東西。』
『這樣啊？』她說：『那就好。』

晚上，我跟平常一樣，躺在床上跟靜流說話。
『靜流？』
什麼事？她低聲回答我。
『下次，』我說：『我們去法國餐廳慶祝妳的生日吧。』
她沒回話，只發出吸鼻子的聲響。我等著她回話。
『算了……』
過了好一會她才喃喃這麼說。
『算了是什麼意思？』
『就是不用了，什麼都不用做。』
『可是……』
『夠了，你讓我住在這裡我就很滿足了。對我來說，每晚都像舞會。』
『可是……』
『你不用想太多，沒有比這樣更幸福的單戀了。』

不可能是這樣。如果真如她所說，垃圾桶裡就不會有那麼多衛生紙了。

『靜流，妳的生日是哪一天？』

跟她在一起這麼久了，我卻不知道她的生日。我覺得生氣，氣自己這一路走來，似乎連什麼更重大的事都不知道。

『不告訴你，是很普通平凡的日子。』

靜流拋出了聽起來有點意氣用事的回答。

『妳不說也沒關係，我可以查得出來。』我說：『那一天，我拖都要把妳拖去法國餐廳，還要逼妳收下我的禮物。』

這次的沈默維持了很長一段時間。是話已經到嘴邊，還強忍著不把話拋入淡淡光芒中的那種沈默。

終於，她喃喃說道：『不要這樣，』

這句話顫抖著，就像伴隨著淚水吐出來的嘆息。

『不要對我溫柔——不要這樣欺負我。』

*

一直到歲末將近時，我才有了徹底的認知。

靜流確實成長了。戴著胸罩的胸部，昂然宣示著自己的存在，腰部一帶也呈現出了有女人味的曲線。雖是對比的問題，但是，也因為這樣，她總算有了所謂的『腰圍』。

她的個子也長高了三公分左右，所以，我們彼此注視時的角度稍微緩和了。給人的輕盈感覺逐漸淡去，甚至，剛睡醒時還會出現懷孕母貓般的慵懶動作。

那種畫面著實令人驚嘆。我所熟悉的青澀模樣的靜流，正在逐漸消失中。在屋裡看書時，不經意地抬起頭來，就會看到陌生女子從我眼前飄過去。要過好一陣子，我才會發現那是靜流。

雖然稱不上大美人，但是，靜流變成了具有相當魅力的女性。而且，還有濃濃的官能味。

她漫不經心的動作，被賦予了不同的意義，而我漫不經心的視而不見，也成了有意識的行為。靜流的頭髮現在留得跟美雪一樣長，洗完澡後，懶洋洋地坐在椅子上的她的背影，看起來十分煽情。溼漉漉的頭髮烏黑光澤，強調纖細的腰部彷彿對我發出了某種性的訊號。我感到坐立難安，很怕哪天她會對我說『幾時拍裸體照？』。

顧慮到寒假時她無家可回，所以我也沒有回去。

正好年底是攝影比賽的截稿日，所以，我們做最後衝刺，再多完成幾張照片，從累積的作品中嚴選出幾張，放入信封內寄了出去。我們各自應徵不同項目，靜流是快照項目，我是風景照項目。

回家途中，我們去便利超商買了素麵，回公寓做『過年麵』吃。

『希望比賽可以得獎。』

靜流吃著素麵說。她穿著牛仔褲，以及粉紅色的安哥拉羊毛衣。已經很久沒再穿那種長罩衫了。

暖風扇的溫風把餐廳吹得過度暖和。

『嗯，就算拿不到頭獎，希望也能拿到那之後的名次。我很緊張呢。』

『還要三個月才公佈結果，耐心等著吧。』

『說得也是。』

她摘下被蒸汽蒸得霧濛濛的眼鏡，放在桌子上，就那樣繼續吃飯。

『妳看得見嗎？』

我問她。她抬起頭，用母鹿般的烏黑眼睛看著我。

『視力可能變好了。』靜流說：『這也是成長的證據之一。』

『那麼，』我不由得探出身子。

『總不會連胎記都消失了吧？』

她淺淺一笑，就像大人對小朋友露出『唉，真拿你沒辦法』那樣的笑。

『淡很多了。』她說：『要不要看？』

這句『要不要看？』有著前所未有的威壓感，我趕緊縮回探出去的身子。

『不，不用了。』

『為了維持現有的關係嗎？』

『沒錯。』

吃完過年麵後，靜流站在洗碗槽前，發出鏗鈴匡啷的聲音清洗碗盤。突然，她停下洗碗的手，轉身對我說：『我還是不想把這件事拖到明年。』

『老實說，』她說：『我是因為跟弟弟在床上相擁，被後母看到，才被轟了出來。』

我震驚得猛站起身來，腳撞到了桌子的板子。

『妳騙我。』我說。

『是真的。』她用毛巾擦著手。

『但是，沒有猥褻的意味。』

『沒有猥褻的意味，怎麼跟弟弟在床上相擁？』

『是姊弟愛啊。』

『妳弟弟幾歲？』

『十六歲。』

『這樣已經稱得上猥褻了吧？』

『他有病，窩在家裡從不出門，幾乎一整天都在床上度過。』她說。

『什麼病？』

『沒有病名，是很罕見的症狀。』

『是嗎？』

『嗯。但是，他現在不是正值青春期嗎？他卻連跟女朋友牽著手約會都做不到。』

『嗯，是這樣沒錯。』

『所以，我只是模擬那種情境而已。』

『可是，一開始就上床，會不會太快了？』

『因為他一直躺在床上啊——我又不能跟他去公園。』

『說得也是。』

『就這樣，我把我微不足道的胸部借給了他。』

『他會開心嗎……』

『真沒禮貌，他顯得很開心呢。』

『也是啦，一粒米養百樣人。』

『更沒禮貌啦，我起碼也有甜麵包那樣的胸部啊。』
『是、是。』
『就那樣摸摸胸部、吻吻脖子、相互磨蹭時，被我後母發現了。』
『妳弟弟是後母的孩子？』
『不是，是我的親弟弟。我們下面還有後母跟爸爸生的妹妹，她才十歲。』
『我都不知道。』
『因為我沒說過啊。』
『這次不是謊言吧？』
『你說咧？』她微微一笑。
『那麼，之前說的日記的事呢？』
『那也是真的。當時，我大概有一個禮拜回不了家。』
『好了，』她說：『懺悔到此結束了，對你撒了謊，對不起。』
她又回到洗碗槽繼續洗碗。

在半開玩笑的坦白中，她給了我觸及其中真相的暗示，但是，這時候的我完全沒察覺那種事，只看到事情的表面，還飄浮在離事情本質很遙遠的地方。

這一天，我們努力撐到了凌晨十二點。

兩人憑靠著我的床，邊破解益智遊戲邊等待新的一年到來。

『是直的鑰匙。』靜流說。『赤王妃是誰呢？母親是黛娜。』

『什麼東西啊？完全猜不出來。』

『這八成是「鏡子國的愛麗絲」的故事。』

『是誰呢？』她把食指貼在額頭上。

『幾個字？』

『四個英文字母。最後是I。應該是貓的名字。』

然後，她把她想得到的三個字、最後是I的各種名字依序說出來——SAMI、MARI、TOMI、LORI……

『啊！』

她突然抬起頭來大叫一聲。

『怎麼了？妳猜出來了嗎？』

『不是。』她指著架上的時鐘說，『你看，已經是新的一年了。』

『真的呢。』

『今年也請多多指教。』

靜流低下頭，深深一鞠躬。

『我才要請妳多多指教。』

之後，我們匆匆換上睡衣，各自鑽入自己的床鋪。除了窩在暗房洗照片之外，基本上我們從來不熬夜。因為夜晚的黑暗就是為睡覺而存在。

沒多久，就在我快沈沈沈睡去時，她大叫一聲：

『是KITI！』

『妳還在想啊？』

『是啊，這樣我就可以睡得著了。』

『那就好，晚安。』

『晚安。』

＊

這件事是關口告訴我的。

『聽說白濱被美雪甩了。』

那是在英文史的課堂上，我們這一群中只有我跟關口選修這堂課。

『被甩了？』

『是啊，白濱想差不多是時候了，就鼓起勇氣告白，結果，美雪用非常慎重的態度拒絕了他。』

『白濱說的嗎？』

『是啊，昨天說的。』

『這應該是祕密吧？』

『好吧，下次我要說之前，會先跟對方說「不要跟別人說哦」。』

這傢伙還是一樣愛說笑。

『哎啊，他自己八成也是到處跟人家說，然後補上一句「我只跟你一個人說哦」。』

『美雪是說什麼拒絕了他呢？』

『我討厭你那種傲慢的態度。』

『她才不會說那種話。』

『我不喜歡頭上有兩個髮漩的人。』

『她更不可能說那種話。』

『很簡單的對他說「對不起」。』

『啊，這樣比較像美雪的作風。』

『根本不需要道歉啊，這種事又沒有誰對誰錯。』

『是啊，可是，美雪就是那樣的女孩。』

『說得好像你很了解她呢。』
關口用透視的眼神看著我。
『因為我們相處的時間多嘛。』
『是啊，你們兩個真的很認真。難道你們不知道學生的本分就是玩嗎？』
『不知道。而且，我們讀書不像你領悟力那麼強，幾堂課不上就完全搞不懂了。』
關口用憐憫的眼神看著我說：『你這樣的男人怎麼會……』
『咦？我怎麼了？』
『沒什麼，』關口說：『這種事與小朋友無關。』

第二天，我們這群人都知道了這件事。白濱也親口告訴了我（他說只告訴我一個人——），這件事成了被貼上『祕密』標籤的大家共有情報。不知為何，大家顧慮的竟然不是白濱而是美雪，在她面前，這件事成了禁語。

在只有我們兩人選修的課堂上，她多次表現出想跟我說什麼的神情，可是，一直到最後都沒有說出口。

這個季節，三年級生都忙著找工作，在緊張忙碌的日子裡，誰都無心去管個人的生活，這件事也很快隨著時間風化了。

我想進入的出版社的筆試還很早，靜流也無心投入就業活動，所以，好像只有我們兩人被遠遠拋在世間的緊張忙碌之外。

此時的我們，像搞錯了季節的小灰蝶，為了找尋陽光和煦的地方，每天在大馬路的巷子裡或森林小徑飛來飛去。

『你知道嗎？』靜流問我。

我們兩人正走在某個城市的不知名河川的河岸。

『美雪隨時都把那張照片帶在身上。』

『那張照片？』

『流星。』

聽到她那種說話語氣，我莫名的緊張起來，但是，並不知道原因。

『啊，那張照片啊……』

『開心嗎？』

靜流撩起長髮看著我。

我想了一會，對她點點頭。

『是啊，很開心她喜歡那個禮物。』

瞬間，靜流眼中浮現出失望的神色。她應該是希望聽到其他不一樣的答案吧，我也知道，但是，就是不想說出口。事實上，我自己也越來越不清楚自己在想什麼了。
『妳又長高了一些呢。』我轉移話題。
『只有一點點。』她說：『還量了體重呢，好幾年沒量了。』
『哦，幾公斤？』
靜流骨碌骨碌轉著眼珠子，那表情像是在告訴我『真受不了你』。
『問女生體重太沒禮貌了吧？』
我噗哧笑了出來。
『對別人是不禮貌，對妳不是吧？我是以父母般的關懷詢問妳啊。』
她猛然沈下臉來。
『不是那樣吧？』
聲音帶著煩躁。
『配合點嘛，把我當普通女孩子看嘛。』
木頭！她丟下這句話，小跑步往前走了。
最近，不管面對任何事，她都是這個調調。會突然變得陰鬱、變得煩悶焦躁，或突然興奮激昂起來。這應該稱為思春期女孩的善變，還是另有形容詞呢？身為男生的我根本無從知道。

走在我大約十公尺前的靜流，背影是很有魅力的攝影題材。她穿著春色洋溢的連身洋裝，套著素色開襟毛衣。她氣得高聳著肩膀，蹬蹬蹬大步往前走，所以，延伸到背部的烏黑頭髮強力搖晃著。

我拿起相機，透過取景窗看著她。因為背光的關係，被框在光暈中的靜流的背影，還殘留著比我想像中更深的青澀影子。我想起第一次透過取景窗看她的時候，當時，她也是這樣背對著我。

我按下了快門。想再來一張時，她突然回過頭來。我拉近焦距，發現她的表情就快哭了。

『怎麼了？』

我慌忙跑上前去，她突然把她的手掌伸向了我。

『我的牙齒掉了。』

她的手掌上確實躺著一顆小小的乳白色牙齒。

『真的呢，哪裡的牙齒？讓我看看。』

靜流淚眼汪汪的搖著頭。

『不要！我絕對不讓你看。』

她背向我，繼續往前走。我只好跟在她後面。

『原來妳還有乳牙啊。』

聽到我這麼說，她背著我說：『我不是說過嗎？我還有幾顆乳牙。』

『現在掉的是哪裡的乳牙？啊，不必給我看沒關係。』

『是上排前牙，看起來一定很蠢。』

『很快就會長出來了。』

唉，靜流嘆口氣說：『頭髮好不容易留長了，也可以穿漂亮的衣服了呢。』

『多可惜啊。』她嘆息著。

『起碼——』說到這裡，她突然噤口不語。

『起碼什麼？』

『沒什麼。』

『沒什麼？』

『嗯，沒什麼。』

第二天起，她又恢復了長罩衫的裝扮。太緊的地方，大概是自己做了修改。頭髮編成辮子，清楚露出凸額的靜流，看起來就像返老還童了。她的上排前牙確實少了一顆，她要藏也很難藏，最後只好認命讓我看。其實，犬齒露出空隙，看起來很可愛，但是，她當然無法接受這樣的說法。

雖然一身灰色長罩衫、黑色襪子、辮子、巧克力色鏡框眼鏡，但是，胸部膨脹、臀部厚度增加，那模樣比我剛認識她時更不匀稱了。

但是，長罩衫似乎可以讓她安下心來。靜流恢復了原有的沈著，也看不到她莫名其妙沈下臉來的表情了。

平靜安詳的日子持續著，持續得那麼理所當然，我想都沒想過這樣的日子會有結束的一天。彷彿，所有的一切都被賦予了永久的融通，決策被延宕到遠無止盡的未來。

但是，那當然是錯誤的想法。

＊

三月底時，接到了結果通知。

先回到家的我，看到了公寓信箱裡的兩封信。我拿進屋裡，把收信人是靜流的那一封放在桌上。然後，用有些緊張而僵硬的手指，打開給我的那一封。

文字立刻進入眼簾。

『瀨川誠人先生，很遺憾，此次的……』

我就知道——我這麼想，當過度期待時，往往會是這樣的結果。一而再再而三的失敗記錄又添加了一筆。三振、洗溝、槓龜、失戀，我都很習慣了。

當然會失望，但是，我很清楚處理這種情感的方法，那就是告訴自己，現在雖然這樣，但是，總有一天會……

大約三十分鐘後，靜流回來了。我坐在自己床上，閱讀菲利普・羅斯（Philip Roth）的《再見哥倫布》。我看到她走進了餐廳。

『我回來了。』她說，我也回應她：『回來了啊？』

看到桌上的信封，她突然緊張起來。

『誠人怎麼樣？』

我輕輕搖著頭。

『沒得獎？』

她詫異的問。

『嗯，沒有。』

『佳作也沒有？』

『嗯，什麼都沒有。』

『我不相信。』她說：『不可能。』然後問：『你在騙我吧？』

『我沒騙妳，真希望我是在騙妳。』

我指著攤開來放在床上的通知單說『妳看』。但是，她還是用懷疑的眼神看著我，抑或是充滿期待的眼神。

她走到我床邊，伸出手來，邊看著我邊拾起通知單。拿到眼前，視線掃過後，她的表情顯得有些僵硬。

『騙人！』她說。

『怎麼會這樣？』她看著我。

『我早猜到會這樣。』

『怎麼可能嘛！』

『就是這樣啊。』

『可是——』

『好了，快看靜流的結果如何吧。』

她好像完全忘了，聽到我這句話，才把視線轉移到長罩衫的口袋裡。

『啊，對哦。』

她拿出信封，先舉高做出透視信封般的動作。然後撕開封口，拿出通知單，視線落在紙面上。

『騙人！』她說。

『怎麼會這樣？』她看著我。

『我早猜到會這樣。』我說，我的確早猜到會這樣。

『恭喜妳。』我說，伸手抓著她的手肘處。

她一臉快哭出來的樣子。

『怎麼會這樣？』

她又看了一次通知單，這回真的要哭出來了。

『怎麼會這樣？』

雖不是首獎，但是，是次於首獎的特別獎，成績斐然。我早有這樣的預感，因為她拍的照片很特別。評審委員真的很公平。

哭了一陣子後，她發出誇張的聲音擤著鼻子。

『妳哭夠了吧？為什麼落選的我要安慰得獎的靜流呢？』

我半開玩笑的說，她回給我一個奇妙的笑容。

『說得也是，為什麼呢？』

『我能認同這個結果，所以，我也希望妳認同這個結果。』

我對跟我並肩坐在床上的靜流說：『如果我是評審委員，大概也會這麼做。』

『如果是我，會選擇誠人的作品。』

嗯，我點點頭。

『但是，我太清楚了，很多人不會這麼想。』

所以囉，我繼續說：『我會再努力。既然知道自己不行，就還有進步的空間，對吧？』

她終於破涕為笑，默默地點點頭。

『我就是喜歡這樣的誠人。』她說。

那是在混亂中衝口而出，相當敏感的一句話。

『謝謝。』我說。

稍微猶豫後，我還是決定只做出這樣的回應。

『嗯，謝謝。』

之後我問靜流：『要怎麼慶祝得到特別獎？妳有沒有什麼想要的東西？』

我想起有台狀況還不錯的MF鏡頭中古相機，她一直很想要那一台。雖然有點貴，但是，我多打點工應該還買得起。

我正要說出這個想法時，靜流問我：『真的要什麼都可以嗎？』

聽到她這麼問，我稍稍做了心理準備。但是，我知道她絕不是那種會提出無理要求的女孩，所以，很爽快地點了點頭。

『要什麼都行。』我說。

『真的嗎？』

『真的。』

『我說出來後，你不會說那個不行吧？』

我突然不安起來，向她確認。

『那不會是很貴的東西吧？』

『貴？』

『嗯，妳知道我的經濟狀況吧？』

『放心吧，不用錢。』

那會是什麼呢？我更加不安了。

『好，我知道了，妳說吧。』

『就是……』她說，接著又重複了一次『就是……』

『妳想要「就是」嗎？』

被我一調侃，她的雙頰染上了淡淡的桃紅色。很難得看到這樣的靜流，她低下頭，盯著交錯在大腿上的一雙小手。

『對不起，我們正經點，妳說吧。』我催促她。

可是，她還是說不出口。把兩手手指纏繞在一起，再解開，不斷重複著這樣的動作。那行為像極了用幫浦汲水，把她內心的話一點一點搬到嘴邊來。過了很長一段時間，她的手終於不動了。話語流暢地從她唇間縫隙傾瀉出來。

『吻我。』

是從小小縫隙溢出來的細微聲音。

『我要你吻我。』

她還是看著自己的手指。

『嗯。』我立刻點了點頭。

『來吻吧。』

我像決定攻佔山頭的登山隊隊長，說得威武勇猛，不讓她看出半點猶豫。

『來啊。』

聽到我當機立斷的回答，靜流露出驚訝的表情。她抬起頭來，目不轉睛的看著我。

『可以嗎？』

『嗯。』

『可是——』

『我答應妳。』我說。

『啊，可是，還是——』

『太遲了，我決定了。』

她似乎馬上就後悔了，滿臉困惑地看著我。

『這——』

我打斷她的話：

『現在？馬上嗎？』

她看著我的眼睛，一直思考著。那之中有迷惘、有後悔，還有期待；有友情、有罪惡感，還有情愛，鏡片後的眼睛連眨了好幾下。在吸了多次鼻子後，她終於做出了最後的決定。

『不是現在，是明天。』她說。

『不是現在？』

『嗯。』她點點頭說：『這是我的初吻啊。』

『說得也是。』我說。

『我可不想摻有鼻水的鹹味。』

她的眼神很認真，臉上的確也閃著鼻水的亮光。

『現在的頭髮跟打扮也不行。這是很重要的事，所以，我要呈現出最美好的自己。』

『這樣啊？』

『是啊，你總不會說非現在不可吧？』

『不會啦，並沒有限定期限。』

『明天，』靜流說：『明天拜託你了。』

『知道了。』

那一晚，靜流抱著豆莢靠枕來我房間。

『我可以睡在旁邊嗎？』

『可以啊。』

我回答她，也覺得這是很自然的事。

她把靠枕放在床的旁邊，整個人蜷縮在裡面。

『靠枕好像有點小了。』

『因為我長高了。』

『嗯，改天去買張床吧。』

好啊，她這麼說，聲音顯得滿不在乎。

啊，她叫了一聲。

『怎麼了？』

『這個房間的天花板，跟餐廳的顏色不一樣。』

『是嗎？我從來沒注意過。』

『就在眼前呢。』

『嗯。』

『你沒注意到的事太多了。』

『是啊。』

『喂，你還記得嗎？』靜流問我。
『嗯？』
『我決定住在你這裡的第一天晚上。』
『嗯。』
『因為喝了酒的關係，一直睡不著。』
『是啊。』
『現在也是，一點都不想睡。』
『因為今天發生太多事了。』
『就是啊。』她用些許不安的聲音說：『世界會不會今天就滅亡了？』
『放心吧，』我說：
『明天還是會到來。』
我翻個身側躺，視線剛好與靜流相接。靜流用眼神問我怎麼了？所以，我也用眼神回答她沒什麼。長期以來避開人群的我，現在可以跟人做如此親密的溝通，多少有些感動。
『我想起了很多事。』
她看著我的眼睛說，眼神充滿了寬容與慈愛。不知道她為什麼這樣看著我，看得我有些不安。

『我想起我們第一次見面的時候。』
『在國道的斑馬線上？』
『對，像一點都不甜的薩荷巧克力蛋糕的斑馬線。』
她在淡淡橘色燈光中噗哧發笑。
『然後，在沒有人的學校餐廳，坐在你旁邊。』
『是啊。』
『我問你「旁邊沒人坐吧？」你說「好像是」。』
『妳記得真清楚呢。』
『我全都記得，一秒也不想忘記，因為那些都是我的寶貝。』
『是嗎？』
『是啊。』
黎明前的斑馬線、七度灶樹、我騎在你肩膀上——
靜流想到什麼就說什麼，把兩人的小插曲一一列出來。
『你買了甜甜圈餅乾給我。』
『我記得。』
『吃甜甜圈餅乾時我哭了。』
『是啊，妳哭了。』

『因為我喜歡你，所以覺得很難過。』

『嗯，我知道。』

『你抱住了哭泣的我。』

『嗯。』

『我很開心。』

『是嗎？』

『嗯，開心到你難以想像的地步。』

『我可以想像。』

她沈靜地搖搖頭。

『不可能。』她說：『你又不是我。』

我思索了一會說：『的確是。』

靜流微微一笑。

『那是你的口頭禪。』

『口頭禪？』

『你老是說「的確是」。』

『我有嗎？』

『有啊。』

『我都不知道。』

『人都對自己都不太了解。』

『說得也是。』

然後，她微微嘆口氣，給我們的對話加上了句點。經過一段翻頁般的空白後，她又開始了另一個話題。

『喂，』她說：『人出生的時候什麼都沒帶吧？』

『是啊。』

『連蔽體的衣服都沒有，光溜溜的來。』

『嗯。』

『小手握得那麼緊，裡面卻什麼都沒有。』

你還記得嗎？她這麼問我。

『很遺憾，』我回答她：『我的記憶力不好。』

『我覺得我好像還記得。』

『真的嗎？』

『模模糊糊記得。非常寂寞。』

『因為什麼都沒有嗎？』

『一定是。』

即使那記憶是編造出來的，她的『寂寞』心情也是真的。她描述的是，從存在於任何人心底深處的永久凍土吹來的風。

所以囉，靜流繼續說：『我收集了很多東西。』

『嗯。』

『可是，還是很寂寞。』

她笑了，是那種用笑來取代眼淚的笑。

『有這麼多回憶圍繞身旁，』她說：『為什麼我還是寂寞呢？』

我無法回答她，她也無意追求答案。恐怕，那也不是對著我說的話，而是類似不經意的嘆息那種東西。

『但是，』她說：

『這樣待在你身旁，就會淡忘寂寞，覺得很溫馨。』

『嗯。』

然後，她靜靜地閉上了眼睛。

『我好像想睡了。』

『是嗎？』

『嗯，我要睡了。』

她把毛毯拉到鼻子邊緣。

『晚安。』

『晚安。』

於是，我們很快進入了睡夢中，睡得既安穩又溫暖。

＊

第二天，一大早就下雨了。可是，靜流還是決定以『天堂』為舞台，我們約好下午三點在自然公園的森林碰面。在那之前，她要先去剪頭髮。

這一天有春季學期的迎新會，但是，很慶幸美雪沒有來學校。我根本沒有任何道義上的責任，胸部卻像被鈍重的雷擊中般灼灼刺痛。即便見到她，我恐怕也無法像以前一樣只盯著她的肩頭看了。

時間一到，我就撐著傘往自然公園走去。利用按壓式紅綠燈通過國道，走向森林。雨就像冥頑不靈的愚鈍者，永無止境的下著。我穿過廣場，沿著小河，走進森林深處。

靜流坐在水池畔。

她穿著我從來沒看過的鑲滿碎花的淺色洋裝，臉藏在杏子色的雨傘中。

『靜流。』

我叫她，她回過頭來。我看到了她的臉，她沒有戴眼鏡。頭髮編得很漂亮，像個新娘子。

『唔哇！』我不由得叫出聲來。

『很好看呢。』

『謝謝。』她羞怯地垂下視線。

『雨下個不停呢。』我說。

靜流說：『是啊，但是沒關係。』抬頭看著天空。

『像霧般的雨。』

然後，看著我的臉說：『我做了準備。』她指著自己的麻布包。

『來自拍吧。』

『咦，要拍下來嗎？』

『是啊，留作紀念嘛。』

她嘿嘿笑著。缺了前排牙齒的笑容，讓我覺得很溫馨。

我們開始忙碌起來。首先，決定兩人站立的位置（七度灶樹旁邊有個很大的樹根餘幹，剛好當作她的墊腳石。雖然長高了四公分，她還是個子很嬌小的女生），然後，搭起三腳架，安裝好靜流的單眼相機。為了怕雨淋到，還給相機蓋上了毛巾。

我先站在樹根餘幹上，讓她看著取景窗決定構圖，對準焦點，調整焦距。

全部設定好後，她離開相機，來到我身旁。單眼相機附有靠紅外線控制的無線遙控器，這個遙控器就在她手上。

做設定時她沒撐傘，所以，頭髮已經溼透了。我闔上雨傘，站在樹根餘幹旁，擺出『請上來吧』的手勢招呼她過來。

她睜大眼睛，以戲謔的姿態搖晃貼在胸前的手。鼓起雙頰，呼地吐氣，抓著我伸出的手，站上了樹根餘幹。我仔細一看，發現她穿著很高的高跟包鞋，可能有十公分高。要找到她那麼小的腳合穿的包鞋，恐怕很辛苦吧。

這樣跟她面對面，她的臉變得很近，是以前沒有過的新鮮風景。她化了淡淡的妝，看起來很漂亮，可是，我說不出口，只是一直點著頭。

『預備囉。』她說。

她緊張得舔了好幾次嘴唇，猛眨眼睛，手掌在洋裝上擦拭著。

『那麼，拜託你了。』

當然，我也很緊張。可能是太緊張了，所以，聽到那句話的瞬間，就把我預先想好的步驟都忘光了。原本，我盡我初體驗者所能，想出了種種最棒的演出方式，卻忘得一乾二淨，什麼也想不起來了。但是，反而冷靜了下來。我告訴自己，隨興所致吧，想怎麼做就怎麼做。這麼一想，肩膀的力量突然鬆懈下來了。

我把手搭在靜流肩上，靠近她的臉。在我逼近前直盯著我眼睛看的她，在最後瞬間閉上了眼瞼。

我先是碰到了她的鼻子，這才驚覺地側過臉去，然後貼上了她的嘴唇。剎那間，她怯怯地縮起了脖子。我看得出，眼珠子在她薄薄的眼瞼下不停轉動著。從額頭滴下來的雨珠，被吸入了她眉毛中。我覺得，還不到吻的程度，只能說是嘴唇附近皮膚的接觸。她也還沒按下快門。

我將她更拉進我，她挺起腰突出上半身的身軀就大幅傾斜向後仰。她之前不知道藏在哪裡的手，突然冒出來，勾住了我的脖子。

就像以那個動作為信號般，我們吻得越來越入味了。

我再也沈不住氣，把她搭在我肩上的手移到我背後，抱住了她的身軀。我的腰感覺到她的腰；我的胸部感覺到她的胸部。只有接觸的部分發燙發熱，變得很敏感。她終於憋不住，張開嘴來吸了一口氣。我趁此機會，探尋更深處的部位。當唇內側的粉紅色柔軟部分相接觸時，我又發現了全新的感觸。乾吻變成了濕吻，兩人的行為蒙上了性的色彩。很想做什麼，可是不知道該做什麼；總覺得應該還可以更進一步，卻怎麼樣都前進不了。

兩人在雨中相擁，嘴唇相疊，渾然忘我。她的唇就是整個世界，其他都只是細枝末節的註腳。

剎那間，我的舌尖碰觸到她的牙齒，那又是一種新觸感的發現。我一一確認過她每顆牙齒的觸感。來到那顆犬齒脫落的地方，我的舌頭觸摸到柔軟的牙根。我把舌尖整個擠進那個洞裡，感覺好舒服。

靜流微微張開眼睛，傳給我有話要說的眼神。但是，我回給她深邃的凝視，她又閉上了眼瞼。

當她再度吸氣時，她的舌頭碰到了我的舌頭。我有聽過『法式接吻』這個名詞，但是，當時我還不了解那是指怎麼樣的吻。

所以，我還以為那是我們發明的原創性接吻方式。我們的舌頭彼此碰觸，彼此確認對方牙齒的觸感。精神太過亢奮，失去了時間的感覺。好像在這個吻之間，地球已經骨碌骨碌轉了好幾圈。

不久後，我們一度分開，羞怯地彼此注視，然後再開始第二次之吻。

我感覺得出她的身體在顫抖。眼淚從她緊閉的眼瞼溢出來，沿著她的臉頰，流到我的臉頰，再流到我們結合的嘴唇周邊。

我感覺得到她繞到我背後的手腕使著力。

三公尺遠的靜流的單眼相機，烙下了我們兩人的身影。她按了一次又一次的快門，相機發出喀喳喀喳的聲音，寫了記錄。

『星期三』在我們兩人上面，『梅爾庫魯狄！梅爾庫魯狄！』地叫著盤旋著，彷彿在祝福我們。

雨中之吻一直持續到底片用罄。

『結果，』靜流說：『還是成了鹹濕之吻。』

『嗯，是啊。』

她把所有器材收進托特包後，撐起了雨傘。

『我還要在這裡待一會。』

『為什麼？』

『享受餘韻啊。』她說：『你先走吧，我想一個人沈浸其中。』

『我不反對，可是，妳已經淋溼了，最好趕快回去弄乾。』

『我知道。』

『那麼，我先回去了。』

『嗯。』

我才踏出步伐，她就從背後叫住了我。

『剛才……』

我回過頭，看到她臉上浮現出笨拙的笑容。今天的笑大約三〇％。

『吻的時候……』她說。

『嗯？』

『有沒有一點點愛？』

我回答她，有啊。

『放心吧，沒有愛我不會吻一個人。』

她說那就好，然後把右手放在自己胸前。

『對了，』我心血來潮對她說：『今晚再買酒來喝吧？』

『好啊。』

『像妳剛來那天一樣，做晨曦風味菠菜炒肉來慶祝吧？』

『慶祝？』

『對，有很多種意義。』

她說，我知道了。

『那麼，我先回去了，妳快點回來哦。』

『嗯。』

『我走了。』

『嗯。』

於是，我頭也不回的走出了森林。

*

她留下的字條寫著：『得獎讓我有了自信，我要去法國繼續進修』。

這是笨拙的她寫出來的笨拙謊言。對曾經被她騙得團團轉的我來說，這樣的謊言還稍嫌不足。

我們都太在意對方，卻無法解析對方的心思，以至於落得什麼都還沒開始就結束了。

我是個蠢男人，但是還沒蠢到『失去後才察覺』。我早已清楚自己的情感，只是不知道該怎麼做才好，把太多時間浪費在嬉戲笑鬧中。美雪對我表示好感，讓我高興得想大聲叫出來，她是我十八年來所愛慕的女孩。她美麗、聰明，任誰都會喜歡上她。但是，曾幾何時，我已經愛上了那個嬌小、額頭突出、老吸著鼻子的怪女孩。

我顧忌美雪，美雪顧忌靜流、靜流顧忌我和美雪，我們全被綁得死死的誰也動彈不得。

結果，我不知道靜流的決意，靜流不知道我的心意，就這樣面對了結局。

如果我的步伐早跨出一步該多好。

森林中那個吻，是我要傳達給靜流的訊息。可是，太遲了。我把那個吻當成初吻，心想將來還有無數次的吻等著我們。可是，對靜流來說，那卻是最後之吻。兩人的想法相差十萬八千里，卻能吻得那麼美好，簡直是奇蹟。

我去過她家找她，但是，她的母親顯得愛理不理，完全問不出所以然。我去問學生課，學生課說她已經辦了休學。

當然，我也問了那兩個人——縱向發展與橫向發展的女孩。可是，她們兩人也不知道靜流的行蹤。她們顯然也很寂寞，反過來拜託我說，如果有靜流的消息就馬上通知她們。

從事情經過來思考，我推斷靜流應該沒有跟美雪說過什麼。結果，還來不及採取任何行動，所有線索就都斷了線。

從此以後，我的健康狀況開始崩潰，進入黃金週假期時，我已經動也不能動了。持續發燒超過三十九度，咳嗽不止。我出不了公寓，食物已經見底，生命好像也快耗盡了。

全身關節發燙疼痛。意識朦朧，出現了好幾次靜流的幻覺。

她穿著平常穿的長罩衫，坐在床邊破解益智遊戲。我甚至聽到她大叫『是KITI！』的聲音。有時，還會看到喝醉的靜流，開心大喊『柔軟舒胸啊，你好！』的模樣。或是，突然瞥過餐廳時，會看到她蜷縮在豆莢靠枕中閱讀文庫本。

我想，我當時的處境應該十分危急。黃金週即將結束的最後幾天，我幾乎毫無記憶。

假期結束後，我好幾天沒去學校，關口代表擔心我的大家來探視我時，我像蛹一樣蜷睡在滾滿寶特瓶的床上。熱度已經開始減退，但是因為長期處於絕食狀態，所以變得相當虛弱。

當我猛然清醒過來時，關口正揹著我，走下公寓樓梯。

『啊……』我發出模糊不成言語的聲音。

『不用擔心，我會帶你去醫院，已經叫了計程車。』

『我有味道。』我喃喃說著。其實，我已經好幾天沒有擦藥了，可是，首先浮現腦中的卻還是這件事，好悲哀的習性。

『味道？』關口先是發出不解的聲音，旋即大叫『那個啊！』變成豁然理解的聲音。

『你是說，像在麵包店打工的濃妝女人那種味道？』

『你知道？』

『當然啦，你沒看到嗎？我的臉中央有兩個洞，你不知道這兩個洞是用來做什麼的嗎？』

哈哈，我虛弱的笑著。

『大家都知道啦。』

『是嗎？』

『因為大家的臉中央都有兩個洞。只是你好像不太想碰觸那個問題，所以大家都不提而已。』

關口說，我們都是很有涵養的人吧？

『謝謝……』

可能是意志也薄弱了吧，眼淚撲簌簌地落了下來。

看著邊哭邊不斷說謝謝、謝謝的我，關口顯得很不耐煩。

『別這樣嘛，很噁心耶，不要哭啦。』

但是，我還是關不住我的淚水，顧不得被關口嫌，我還是不停說著謝謝，直到關口把我丟進計程車裡。

*

『我還是決定去當聯合國的職員。』白濱說：『所以，我要留在研究所繼續進修，還要學法文。』

他煩惱到最後，還是決定繼續追求小時候的夢想。

『那麼，除了白濱之外，我們都有工作了。』關口說。

他在以外片為主的電影發行公司找到了工作。起初，他是應徵萬無一失的商社，之所以轉到幾乎不錄取新鮮人的這個業界，是因為他想活在最接近電影的地方。據說競爭相當激烈，但是，他的熱忱與高水準的語言能力，成了最後的關鍵。他可以用道地發音重演『教父』全三集，這是不能小覷的能力。

『忙了這麼久，總算可以安下心來趕論文了。』

『來乾杯吧。』早樹說。

『對了，誠人，』關口指名道姓看著我說：『我們一直等你找到工作才慶祝，所以，你要帶頭乾杯。』

『那麼，』我舉起了啤酒的大酒杯說：『大家都很替我擔心，但是，昨天我也接到了出版社的通知。大家辛苦了，也恭喜大家。乾杯。』

『乾杯！』的聲音此起彼落，杯子發出嘎鏘嘎鏘的撞擊聲。

『美雪是第一個找到工作的人。』早樹說。

『我算是靠關係錄取，所以還覺得對不起大家呢。』

美雪真的顯得很惶恐的樣子，縮起了身子。

『那麼，我是第二個。』

這麼說的早樹，已經在大型旅行社找到了工作。
『最令人驚訝的是由香。』
『是嗎？』
由香成了『命相館』的算命師，週末已經開始工作了。我倒很想看看，還沒談過戀愛就對戀愛絕望的她，如何占卜他人的戀情呢？
『不過，聽說妳很受歡迎呢！』
『是啊，不是我愛說，因為我算得很準。』
『那麼，幫我算嘛，』白濱說：『幫我看看我的戀情會怎麼樣？』
『你在說什麼夢話啊。』關口用失笑的口吻對白濱說，『你的戀情早已被對方全力揮桿反擊回來，現在正繞著衛星軌道轉呢。』
『而且，』他指著白濱的頭說：『頭上有兩個髮漩的人不可以談戀愛。』
但是，白濱顯得毫不在意，還浮現出傲視一切的笑容。
『那就難說啦。』他偷偷瞥了美雪一眼。
『只要還有明天，就可能發生任何事。』
他依然是個充滿自信的人。但是，對這麼一個如此相信自己的存在，而且深信不疑的男人，我也有點羨慕。
『我也這麼覺得。』美雪說：『因為這就是戀愛，不是嗎？』

白濱很開心的說：『我們想法一致呢。』

『美雪老是這樣寵他，才會把他寵上天去。』關口嘆息的說：『這傢伙是一條腸子通到底的人，所以，繞一大圈拒絕他，反而會害了他。』

喂、喂，白濱探出身子說：『怎麼這麼說呢？我這個人比外表細膩多了，或許美雪不相信，但是——』

說著，他把視線轉向了我。

『我看得出來美雪失戀了，對象就是你這個永遠的菜鳥誠人。』

說完後，他問美雪：『這是非公開祕密嗎？』

『沒關係，』美雪回答他：『不用介意。』

白濱點點頭，又繼續說：

『所以，我說的不是現在，而是將來。人的想法都會改變吧？而且我也會改變。有個我能做到的最極致的我，我每一秒都在接近那個目標。』

關口似乎被白濱這翻話感動，失去了耍嘴皮子的氣力。

『唉，也好啦，』關口說：『反正我已經退出了。』

他對美雪微微搖了搖手，說：『我要跟唐吉訶德式的蠻勇說再見了。』

『什麼啊？』白濱似乎是第一次聽說這件事，露出了意外的表情說：『我怎麼都不知道？』

『那麼，你的細膩就沒什麼了不起啦，白濱。』

『喂，』美雪說：『那麼，我豈不成了被當成巨人的風車？』

『對普通男人來說是這樣。』

聽到關口這麼說，美雪露出了哀傷的神色。

『我也是女人啊。』她說：『我只想站在喜歡的人面前，祈求他愛我。』

『哇喔！』關口拍手叫好。

『不愧是美雪。』

他面向我說：『那是「新娘百分百」中，茱莉亞・蘿勃茲的台詞呢。李察・寇蒂斯的劇本最棒了！』

『是啊。』美雪點點頭。

『美雪果然令人難以抗拒。』

關口顯得很開心，美雪也呵呵笑著。

『不過，我會找到適合我的另一半。』

聽到關口這麼說，在他身旁的早樹紅著臉低下了頭。關口還是像平常一樣，假裝沒看到。

『喂，』白濱把剛才的話又挖出來講。『那麼，誠人就不是普通男人囉？他竟然對全世界最好的女人美雪無動於衷。』

美雪作勢要賞白濱一拳。

『你說得太誇張啦。』

『不、不，對我來說，美雪是全世界第一。』

美雪羞怯的低下了頭。

『說得也是啦，』關口說：『誠人確實不是普通男人。』

說完，看著我嗤嗤笑了起來。

『姑且不論是在普通之上還是在普通之下。』

『喂，你說完了沒有？』由香說：『占卜的結果出來了。』

她在桌子的一角，排出了好幾張不知名的紙牌。

『依我看，』她說：『白濱的戀愛運，要等到十二年後才會上升。在那之前，完全不會有結果。』

在離開店前往車站的路上，我跟美雪走在一起。

『啊，好開心。』

『是啊。』

風微微吹著，吹得火紅的臉頰好舒服。其他人走在我們前方約十公尺的地方。

『白濱那個表情，』美雪說：『好像受到很大的衝擊呢。』

『是啊，虧他是那麼講求實際的人。』
『那種事沒有道理可循。』
她把手背在後面，看著自己的腳尖，走得輕鬆自在。可能是酒精作祟，她看起來比平常愉悅，享受著自由擺動肢體的樂趣。
『雖然白濱那麼說，但是，』說到這裡，也不知哪裡好笑，她咯咯笑了起來。
『回想起來，總覺得自己還沒有徹底失戀。』
說著，她看了看我。
『不過，是因為我沒有正式告白，才會有這種感覺吧？』
『妳喝醉了。』
『我沒醉，只是藉酒裝瘋，說出平常不敢說的話而已。』
美雪『吁！』地嘆了一口氣，身體一個傾斜，踏出了車道約半步。我趕緊抓住她的臂膀，把她拉回來。
『對不起，謝謝。』美雪說：『我好像是有點醉了。』
我確定她站穩了後，慢慢放開了手。
『謝謝。』她又說了一次。
我無言地點點頭。這回，她低下頭來，把手抱在胸前。
闕口八成又說了什麼笑話，傳來大家的笑聲。我看到走在他旁邊的早樹，開心地晃動肩膀笑著。
兩人的距離，恐怕近得超越了他們自己所想，幾乎到彼此碰觸的程度了。
我把意識拉回到身旁的美雪身上。
她是很美麗的女孩，魅力過人，現在我都還需要很大的努力才能直視她；她是我傾慕了四年的女孩。我想，今後我一定還會繼續思慕這個女孩。她是那麼地清新脫俗，帶給我了窒息般的淒迷憧憬。
我說：『我會在那間公寓等靜流回來，不管要等多久。』
美雪沒說什麼，只是俯首點了好幾次頭。她踩著不變的步伐往前走，包鞋鞋跟發出喀喀喀的聲響。她下意識的摸著戴在左手的手環——紫水晶、愛之石。
過了好一會，她才抬起頭來，大大喘了一口氣。
『嗯，』她說：『這下我徹底失戀了。』
她撩動長髮，以那樣的動作做掩飾，擦拭了眼眶。再短短嘆口氣，她抬起頭來看著天空。
啊，她發出感嘆聲。
『星星好漂亮。』
『是啊。』
『喂。』

『嗯？』

『流星。』她說：

『你答應過我一起去拍天體照，你還沒實現諾言呢。』

『快了，十一月中旬有獅子座流星群，到時候我們去山上拍。』

『約大家一起去吧？』

『嗯，一定很好玩。』

『穿得暖暖的，在熱水瓶中灌滿熱咖啡。』

『像冬天的野餐。』

『就是那種感覺。』

美雪先是開心笑著，然後又輕輕拭去了淚水。

『如果靜流也可以一起去該多好。』

『可是，她一定不會想去，因為她不知道怎麼應付白濱跟關口。』

『說得也是……』

她落寞地說，做出用右手觸摸頸子的動作。紅色珠子項鍊，垂掛在她纖細白皙的脖子上。

『靜流……』她說。

『嗯？』

『靜流會回來吧？』

『我相信會。』

『我想也是，要不然……』

我等著她繼續說下去，但是，終究沒有聽到。其實，我應該知道她要說什麼，只是不能確定是否如我所想。長期以來我都是這個樣子，就解讀人心這方面來說，我還是個不完整的生物。

（生活在這個地球的我們，今後將何去何從呢？）

我想起靜流說的話。如果是應該出生在單戀星球的我們，陰差陽錯出生在這個星球，那麼，戀愛會如此困難也是無可厚非的事。我想一定是這樣。總有一天，我們會進化，進化到可以把轉成話語之前的心思都清楚地解讀出來吧？屆時，會覺得頭頂上的紅、藍箭頭比現在更鮮明。遇到對方欲言又止，也可以確定後續是否如自己所想。

但是，在那天之前——我們只能以不完整的心，在傷害或被傷害中，帶著笨拙的笑容活下去。

『美雪，』我說：『或許現在說還太早，但是，這四年來真的很謝謝妳，因為有妳，我才能度過最美好的大學生活。』

聽到我突如其來的這段話，美雪浮現出困惑的神色。

『那天，妳在學生餐廳找我說話，從那一刻起，開啟了我在這所大學的真正生活，我真的非常開心。』

困惑的神色從她臉上消失，熟悉的輕盈笑容又回來了。

『誠人。』她叫我的名字。

『嗯？』

『你老實說。』

『說什麼？』

『那一瞬間，』她說：『你愛上了我吧？』

我暗吃一驚。無比震撼，瞠目結舌。

『妳怎麼知道？』

『因為，』美雪笑著說：『你頭上有支朝向我的箭頭，啪地豎了起來。』

我慌忙往自己頭上探索，當然什麼也沒有。

她開心地笑了起來。

『只怪時機不對。』

她聳聳肩，似乎在告訴我，這也是沒辦法的事，就那樣走到了我前面。

我望著她線條柔和的背影，心中暗忖：

進化已經開始了。

比我想像中快了很多，她們已經孕育出更洗練、更高品味的敏感度。

我甚至覺得，只有我還在這個複雜的社會中，靠著舊型感應器，漫無目標地東鑽西竄。

『等等我啊。』

我追著她跑。我知道我不可能有追上她們的一天，但是，為了迎接比今天稍微好一點的明天，我只能不斷交互驅動我這兩隻腳，繼續向高處前進。

＊

接下來的故事，大家可以當成有些冗長的完結篇。如同每個故事都會有『事後談』一樣，我們的故事也有這種成為句點的小插曲。或許令人難以置信，但是，我們三個人——我、靜流、美雪的故事，就是這樣劃下了休止符。

大學畢業兩年後的某一天，一封信寄到了公寓信箱。這封信，就是劃上休止符的開端訊號。

＊

看到『瀨川誠人先生』這個收信人名稱，我立即察覺，那是靜流的字跡。上面沒有寫寄信人，但是，我可以確定是她。

一進房間，我立刻把揹在肩上的相機放到地上，拆開信封。

『喂，』她這樣起了個頭。『你旁邊沒有人坐吧？』

她還記得我們第一次相鄰而坐那一天的事，這句話很快把我帶進了那個瞬間的場景。

豆莢靠枕怎麼樣了？符傲思的文庫本呢？還有，那些曖昧不清的俄文藥物，都還在你架子上嗎？在我腦海中，你屋內的模樣沒有任何改變。很不可思議哦？世事萬物都在不斷變遷中啊。

我脫下上衣，坐在床上，繼續看她的信。豆莢靠枕就在我背後，中央凹陷處還留著她的肉體記憶。每當我看著這個靠枕，就覺得它像個空殼。

時間已過兩年多的現在，我對你的思念絲毫未減，還珍藏在我心中最深處。一天之中，我會回到跟你在國道初次交談那個時刻好幾次。高個兒、纖瘦異常、一蓬亂髮的你，對我說：『一百公尺前有個按壓式紅綠燈。』要我從那個地方過馬路。當時，你為什麼會跟我說話呢？就像對戴著蒲公英棉帽的孩子『呼』地吹了一口氣般，你在我心中颳起了柔柔的風。我的小小情意，就那樣飄呀飄呀地，悄悄飄落在你肩上。沈睡了許久的種子終於發芽，冒出綠葉，綻放花朵。

好想讓你看看現在的我，就像搖曳生姿的花朵呢（千萬不要發揮你貧乏的想像力）。每個地方都很驚人哦，不管這個、那個，或是那地方、這地方。看到穿著低胸性感衣服的我，純情青澀如你，一定會看得眼冒金星。我可以讓你瞧瞧已經沒有胎記的光滑屁股，當作給你的福利。對了，還可以讓你拍裸體照。說不定你可以賣給《閣樓雜誌》哦。

但是，寫了這麼多，你一定還是只能想像嬌小時的我吧？畢竟你最後看到的我，是乳牙脫落，只能做出白癡笑容的我。我的牙齒也長出來了呢，所以，你再也不能那樣吻我了。

是的，那是驚天動地的美妙之吻。我想像中的吻，本來是更淡然，更像初體驗的吻，你卻投入了大量的熱情。我還記得，你擁抱我的臂膀力道強得驚人。你的舌頭在我嘴唇的柔軟部位，以及脫落的牙齒縫隙間探索的觸感，只要我一閉上眼睛就會立刻甦醒過來。

那是我光想就不禁要落淚的美好之吻，真的太棒了。能經歷這樣的吻，我覺得我是很幸福的人。這真是最幸福的單戀啊——吁（因回想而讚嘆）。

好了，言歸正傳，我現在人在紐約。

我的確去了法國，在那裡認識了一位女性。當我帶著相機，在南法的偏遠郊區趴趴走時，所到之處總是會遇到同一位女性。她也是個攝影師，雖然當時我並不知道她這號人物，但是，她在這個業界已經是響叮噹的名人了。她是華裔美國人，跟我一樣有張亞洲人的臉孔，讓我覺得很安心。我很快就跟她混熟了，之後都是跟她一起在法國各地旅行。去過其他幾個歐洲國家後，她決定回美國，還跟我說，如果我願意的話，可以聘我當她的助理。我興奮莫名，像小鴨跟著母鴨般，跟著她來到了美國。之後，我邊當她的助理，邊自我進修。我時時刻刻都想著你，告訴自己『啊，誠人一定也是這麼努力著』。

於是，我多少有了些自信，也因此產生了有點狂妄的想法。那就是恬不知恥地想『來開個攝影展吧』。

經費是我自掏腰包，所以沒辦法辦得多氣派。我用很便宜的價格租了朋友的畫廊，展出的作品數也不多。但是，對我來說是首次個展，具有集目前所有作品之大成的意義，所以，無論如何，我都希望我的啟蒙之師誠人可以前來觀賞。我多麼想聽到你稱讚我說：『嗯，妳真的很努力。』可以嗎？

我知道你一定很忙，可是，我還是希望你能答應我這輩子唯一的要求。以後，我不會再說任何任性的話了，好嗎？

目前，我跟室友在雀兒喜區租了房子，在中國城內的某家事務所上班。我會把住址寫在下面，你到這個住址來找我。附上個展簡介，拜託你了。

里中靜流

P.S. 有句話我非說不可。我愛你！在這世上，沒有人比我更愛你！

＊

被鎖在飛機裡大半天，當飛機好不容易在甘迺迪機場降落時，太陽已經完全下山了。因為旅費不多，所以，不能叫計程車，我搭乘機場巴士與地下鐵前往雀兒喜區。從二十三街走上地面後，我漫步在夜晚的曼哈頓街道上。所有國家的大都市夜景都差不多——光的奔流、雜沓的擾攘、污穢的月亮、計程車的喇叭聲。

我靠著手上的地圖，徒步尋找靜流信上寫的公寓。往南走了約三個街區，再沿著哈得遜河向前走一段路後，我看到一幢老舊威嚴的建築物。我想應該就在這附近，開始一幢一幢做確認。繞來繞去走得筋疲力盡時，猛然發現，我從前面走過好幾次那幢義大利風味高層建築，就是我要找的地方。這幢公寓比我想像中氣派多了，入口處還有看門人。

我把靜流的信拿給他看，告訴他，我來找靜流。剛邁入老年的看門人，似乎也知道我要來訪的事，默默點著頭讓我進去。我搭電梯到四樓，走在天花板很高的走廊上，沿路確認房間號碼。她的房間在離電梯最遠的地方。我確認過門牌號碼後，緩緩伸出手來按電鈴。但是，就在指尖快碰觸到電鈴之前，手臂突然不聽使喚了。

我沒有事先跟她連絡就來了。一方面，是想突然出現給她一個驚喜；另一方面，是沒見到她的人我不知道該跟她說什麼。於是，我一鼓作氣來到了這裡，可是，這股氣勢卻在最後這一瞬間萎縮了。

我好緊張。

某人曾經說過，我是永遠的『菜鳥』，說得太貼切了。我自己告訴自己『你已經不是孩子了』，要像個成年男人，與她好好重逢。

經過漫長的空白，好不容易才走到這個階段，當時沒跟她說清楚的話，這次一定要完完整整地告訴她。都怪我當初話說得太少，才會繞這麼一大圈子。但是，從現在開始做起就沒錯了。總之，我要告訴她：『那個吻有愛，而且不只一點點。妳是我世界的中心。』我要這麼告訴她。

我將全副精神集中在手指上，按下電鈴，房內響起手搖鈴般的聲音。我退後半步等待。豎起耳朵，隔著房門傾聽她的聲息。但是，不管我等多久都沒有任何反應。我又按了一次門鈴，還是沒有反應。我試著轉動門把，但是門上了鎖。我看看手錶確認時間，以時差來計算，現在是將近九點。她可能還沒下班回來。

我決定等她回來，倚靠著門，在走廊上坐下來。

這幢公寓不只外觀，連裡面的結構都很氣派輝煌。雖然有點老舊，但是，沒有冷峻的感覺，我很快就喜歡上了這個地方。只有一次從電梯走出一個白人年輕男性，沿著走廊走過來，但是，走到這裡的前兩個房間就被吸進去了。除此之外，一個小時過去了，什麼事都不曾發生。我肚子餓了，所以，從我唯一的尼龍行李袋中拿出士力架巧克力棒來吃。袋子裡除了巧克力棒之外，只有牙刷、換洗內衣褲跟襯衫一件。這之後，又過了大約十五分鐘。可能是填飽了肚子，再加上旅行的疲憊，開始有了睡意。於是，我把下顎靠在膝蓋上，迷迷糊糊地打起瞌睡來。我聽見電梯噹地停了下來，但是，我的頭卻沈重到無法抬起來。眼皮也連帶變得沈重，彷彿在夢中聽著逐漸靠近的腳步聲。

我微微張開眼睛，看到暗紅色包鞋與線條美麗的一雙腿。

『誠人。』

叫喚我的聲音，像天上的歌聲般柔和。我無法鎖定焦點，拚命揉眼睛。

『好久不見了。』

在聲音的誘導下，我緩緩抬起了頭。

先是看到絲襪包覆下的小小膝蓋，然後是逐漸消失在窄裙裡的大腿、圓滿的臀部、急遽凹陷的腰部線條、白色襯衫下緊繃隆起的豐滿胸部。

她的個子變得很高。帶點綠色的淺藍色西裝很適合她。不管怎麼看，都是個完美的成年女人。

太美了，我想。不管是這個、那個、那地方、這地方，全都變漂亮了，簡直就像另一個人。

纖細漂亮的脖子、尖尖的下顎、強烈官能味的唇——

不過，也變得太過分了。這樣子，簡直就像另一個女人嘛，竟然連嘴唇的形狀都變了。

我又揉了一次眼睛，仔細觀看她的臉。靜流彷彿變成了另一個人，而且還長得很像另一個我很熟悉的女孩。不，不是長得像，就是她本人。

『美雪？』我問。

『嗯，是啊，歡迎你來紐約。』

*

『那麼，靜流信上寫的室友，就是妳？』

『你很驚訝？』

『當然驚訝啦，把我的睡蟲都嚇跑了。』

她換上印有YANKEES標誌的運動上衣、藍色牛仔褲，在我面前坐下來。

『我們大概從半年前，就開始在這裡一起生活。』

『妳應該早告訴我啊。』

『我是想告訴你，可是，因為種種原因，我不能那麼做。』

『原因？』

『改天再告訴你。』

聽到開水煮沸的聲音，她走向了廚房。

『喝玫瑰茶好嗎？』

她問我。

『你不能喝咖啡吧？』

『嗯。』

美雪邊泡茶，邊繼續跟我說話。

『這附近，就在第十街前段，有幢畫廊齊聚的大樓。正好靜流的朋友在那裡開攝影展，她也來幫忙。』

美雪端著兩個杯子，回到客廳來。給你，她說，把一個杯子擺在桌上。我拿起杯子，喝了一口。

『很好喝。』

『對吧？』

『而我，』她繼續說：『從很久以前，就很努力往那種地方跑。』

『因為可能會遇到靜流？』

『是啊。因為雀兒喜和蘇活區是很多年輕攝影師聚集的地方，說不定可以收集到什麼資訊，不是嗎？』

『嗯。於是，妳們就那樣重逢了？』

『沒錯。可是，剛開始我並沒有認出是她。我一眼就看到現場有個東洋女孩，可是，跟以前的靜流實在相差太遠了。』

『是嗎？』

『是啊，但是，她馬上認出我來，衝著我笑。我覺得那個笑容好熟悉，這才認出她是靜流。』

『妳一定很驚訝吧？』

『是啊。有種「終於找到了！」的感覺，我們兩人相擁而泣。談起來才知道，我們已經在兩個比鄰城市生活了好幾個月，這才教人驚訝呢。』

『她到底變成怎麼樣了？』

美雪用別有含意的眼神看著我。

『你很在意？』她問。

『嗯，有點啦。』

『她變得很漂亮呢。』她說：

『個子比我矮一點，身材跟以前一樣苗條，頭髮也留長了。皮膚白得像瓷器一樣，最引人注目的是那雙烏黑的大眼睛。她已經沒戴眼鏡了。』

『我不太能想像。』我說。

『沒關係，等你見到她就知道了。』

此時，美雪的表情蒙上了一絲陰影，顯得很對不起我的樣子。

『不過，她前幾天跟克莉絲汀一起外出攝影了。』

『克莉絲汀？』

『對，她的老闆。』

『那個克莉絲汀·張嗎？』

『嗯，你果然也知道她？』

『我知道。原來，靜流所說的攝影師就是她啊。』

克莉絲汀·張是個在報導寫真、流行寫真等廣泛領域，取得商業性成功的女攝影師。

『現在，為了一件推也推不掉的工作，她去了西岸。』

『後天就是她的個展吧？』

『嗯，她說誠人一定會來，一直很期待呢。』

『可是，既然是工作也沒辦法了。』

『是啊，聽說是去替某位名人拍肖像照，連地點都要保密呢。靜流還是一樣，是個不帶手機主義者。』

『原來如此。』

老實說，我也沒有手機。學生時代的決定，一直延續到現在。

靜流不在，的確讓我大失所望。但是，心想，都已經來到這個地方，應該不必大費周章去找她了。至少，我們現在是站在同一塊延伸地面上。既然這樣，等她回來就行了。

『我只能在紐約待到後天。』

『就是個展第一天？』

『嗯，當天晚上就要離開了。』

『我想她應該會在那之前回來。』

『我想也是。』

喝完玫瑰茶，美雪帶我去靜流房間。

『我本來跟另一個室友合租，但是，她因為工作關係搬出去了。所以，我覺得跟靜流的重逢，是再好不過的時機。』

『房租很貴吧？』

『嗯，一定比你想像中貴多了。』

『那麼貴？』

她點點頭所說的數字，是我那間公寓房租的五倍以上金額。

『公司負擔了大部分，所以，我們兩人只是分攤剩下的部分，卻還是很吃力。』

『住的問題比我聽說的還嚴重呢。』

『是啊，因為這裡是曼哈頓。』

房間比我想像中小，家具也非常簡單，簡單得過了度。只有床、衣櫥、書桌，牆壁上掛的應該是畫家保羅・克里的複製品。我拿起桌上的文庫本一看，竟然是傑克・芬尼。八成是從我的公寓帶來的，很仔細地包上了書套。

『你可以睡這一間。』美雪說。

『不用，我會找旅館。』

『太浪費啦，靜流也叫我留你在這裡睡呢。』

其實，我很高興聽到這樣的提議。一來，是錢的問題，二來，現在才去找旅館，好像是有點困難。

『不必顧忌我，我知道你是很紳士的人，就算不紳士我也無所謂。』

瞬間，我感到我的臉紅了起來。

『你真的一點都沒變呢。』

她用幾近感佩的語調說：『連這身打扮都跟三年前一樣。』

我穿著茶色羊毛夾克，以及淺紅茶色休閒褲。

『這是去看婚紗展那身衣服吧？』

我點點頭。

『畢業典禮時也是這樣的組合吧？』
我又點點頭。但是，沒告訴她，連入學典禮時都是這個組合。
『看著誠人，』她說：『我就覺得很安心，很平靜。』
『以前靜流也這麼對我說過。』
『我想也是，她一定也會這麼說。』
我們再回到客廳，美雪問我要不要喝酒？
『那就喝一點吧，當作睡前酒。』
她從冰箱拿出罐裝啤酒。
『百威。』
『不愧是美國。』
『不過，聽說以前是巧克力啤酒呢。』
『這我就沒聽說過了。』
我們彼此撞擊罐子說『乾杯』。
『為了慶祝我們的重逢。』美雪說。
『大概有一年了吧？』
我問她，她點點頭，撩起了長髮。
『沒錯，從我上次回去到現在，那次跟大家重聚鬧翻天了。』

『工作呢？』

『還是一樣，總是被要求超越自己能力極限二到三倍的成績。但是，不做就會被淘汰掉。』

『好辛苦。』

是嗎？她偏著頭這樣問我。

『但是，總比被交付低於自己能力二到三倍的工作而咳聲嘆氣好吧？』

『的確是。』

然後，我們沈浸在舒適愜意的沈默中，細細品嚐罐裝啤酒。美雪看起來比以前瘦了一些。削去了柔軟的部分，自然呈現出了她潛藏於內在的硬質美感。

『靜流……』隔了好一會，她說：『她好像很開心呢。』

我不知道她在說什麼，於是，用眼神問她，妳在說什麼？美雪喝乾了啤酒，把空罐子鏘地放在桌子上。

『只有一件事可以讓她那麼開心吧？』

『哪件事？』

『就是誠人一直在那幢公寓等她這件事啊。』

啊，我用力點了點頭。

『妳告訴她了？』

『是啊，這件事比任何事都重要吧？』

『嗯，謝謝。』

說完後，我覺得有點不解。

『可是，那時候她為什麼不跟我連絡呢？』

『因為很多原因。』美雪說。

『很多原因？』

『對，很多很多。』

『怎麼樣的很多很多？』

『一言難盡吶，譬如她的工作啦、她的心境啦。』

美雪含混不清的說法，很難說服我，但是，我沒有再深入追究。總之，就是有她所說的『很多很多』原因吧。

不管怎麼樣，靜流知道我一直在等她後，寫了信給我。也因此，她才能寫出那麼直率、毫不徬徨的情感。就是這麼回事。

我們的心靈彼此相通。雖然，像跟外太空通訊一樣，花了很多時間與精力，但是，我們終於完成了沒有誤解也沒有錯誤的對話。

美雪站起身來，彷彿在對我宣告，這個話題已經結束了；她拿著空罐子走向廚房。我也喝光剩下的啤酒，跟在美雪後面進入廚房。我把空罐子交給美雪，正要走回客廳時，發現了一樣東西。
『這是……』
我一說，美雪就微微脹紅了臉。靠牆的小櫃子上，有張裱在相框中的流星照片，放在B５尺寸的筆記型電腦旁。
『我到現在還珍藏著呢，希望願望可以實現。』
『嗯。』我說。胸口熱了起來，想問她是什麼願望，卻說不出話來。
『四年級時，大家一起去拍的那張照片，放在我的床頭櫃上。我每天都會對著照片許願三次。』
『許什麼願？』
『祕密。女生的願望怎麼可以告訴男生呢？』
『的確是。』
於是，我們走回客廳，互道晚安。
『祝你有個好夢。你明天要睡到多晚都沒關係，我一大早就出門了。』
『嗯，我知道了。』
我們彼此凝視片刻後，笑著遮掩羞澀，就那樣各自往自己的床走去。
我在靜流房間脫下衣服，只穿著運動衫跟運動短褲鑽進被窩裡。枕頭大得有點過分，我把鼻子埋入枕頭裡，想確認靜流的味道，但是，只聞到剛洗過的亞麻味。我留下一盞小燈泡，在微光中盯著天花板看。那是沒有什麼特徵的白色天花板，我想，靜流一定也是這樣，每天看著天花板入睡。

我感到非常滿足。

等待是很快樂的事。因為高潮已經掀起，被延長的時間，就像為高潮增添更多樂趣的額外獎賞。

在大陸另一端的靜流，想必也是同樣的感覺。

我享受著廟會前夜的亢奮，就像在故事即將進入主題的地方，先停下翻頁的手，沈浸在幸福的預感中。於是，我想，她一定也跟我想著同樣的事。

我睡得越久，我們之間的距離就縮短越多；幸福的重逢就在睡眠的盡頭處等著我們。

『晚安，靜流。』我喃喃說著，在她的床上墜入幸福的睡眠中。

第二天，我九點多才醒來。美雪已經去上班了。桌上有吐司麵包與炒蛋，還有一張字條，寫著『這是備用鑰匙，你拿去用』，銀色鑰匙壓在上面。

用完早餐，我拿著尼龍袋上街。我先往東走，走到第五街的地方，再改變方向往北走。人多得可怕，令我頭暈目眩。到處都是我不熟悉的味道、聽不慣的聲音，還有我從未見過的景觀無限綿延著。大樓高聳，天空狹窄。走了大約四十分鐘，終於到了目的地——中央公園。

我模仿小說《月宮》中的佛格，從紐約大都會美術館進入公園。《月宮》是我很喜歡的小說，喜歡程度不下於《第五號屠宰場》，是保羅．奧斯特（Paul Auster）的小說中的第一名。

第一個晚上，佛格在壘球場的角落野宿。但是，巨大的橢圓形草地上，有好幾個球場，我看不出來他是睡在哪一個球場。但是，我還是拿出相機，拍了好幾張照片。

雖是非假日，還是有很多人因不同目的來到公園。有打業餘棒球的年輕人，也有慢跑的人。有推著娃娃車的母親，也有夫妻相伴的老人。有看似很幸福的女人，也有仰天長嘆的男人。如果是靜流，一定可以把他們的幸福、他們的悲哀，源源本本地擷取下來。我走在草地上，這麼想著。

然後，繼續循著佛格的足跡走向蓄水池。以反時針方向繞巡馬道後，再往南走向公園西側。中途，向攤販買了熱狗與可樂，邊觀賞動物園的企鵝邊吃。牠們那樣子，就像無論如何都不相信自己不會飛，一再振動翅膀，檢查翅膀狀況。

我從袋子拿出已經磨破的《月宮》文庫本，跟自己現在見到的光景相對照。有如我想像的地方，也有跟我想像完全不一樣的地方（動物園比我想像中小多了，而且，沒想到要收門票）。

越走越累。我把書收進袋子裡，跟企鵝說了聲再見，就走出了公園。

回到公寓時，已經下午快三點了。我整個人倒臥在靜流床上，就那樣沈沈睡去了。

＊

電話聲吵醒了我。

我不知道電話已經響了多久，很快轉成了留言電話的機械語音。電子音響過後，傳出低沈的男性聲音。

『我是里中。』男人說。我立刻反應過來，那是里中的父親。

『謝謝妳來信關心。四十九天的法事已經順利結束，靜流的骨灰也平安送回了故里墓地安葬。回國時，請務必順道來我家一趟，因為我有東西要交給妳，拜託妳了。』

＊

『怎麼了？』

我聽到美雪怯弱的聲音。屋內沒開燈。我抱著膝蓋，坐在客廳地上。我正處在淚水哭乾後突如其來的詭異空白中。

『靜流的父親打電話來了。』我說。

『在電話留言中。』

她似乎洞悉了什麼，猶豫了片刻才按下播放鍵。錄音帶開始轉動，傳出了靜流父親的聲音。

全部聽完後，她問我：『你還好嗎？』

聲音幾近於喃喃囁嚅。她也沒開燈，走到我旁邊來。月光從窗戶迤邐進來，把她的影子照得青白。

『不是很好，很難過。』

『嗯，我想也是。』

美雪在我旁邊坐下來，同樣抱住了膝蓋。『我到現在都還是很難過。』

『我終於明白了。』

『是嗎？』

『為什麼靜流的房間什麼都沒有，也聞不到任何她的味道。』

『是啊，』她說：『那個房間已經三個多月沒有人住了。』

『她是生什麼病死的？』

『怎麼這麼問？』

『我打過電話去克莉絲汀的事務所。我查出電話，請他們告訴我死因。只是憑我的英文能力，沒辦法聽懂詳細內容。』

『這樣啊。』她喃喃自語後，暫時沒再說什麼，只是跟我一樣呼吸著。不必再演戲的現在，美雪徹底解放了她的悲哀。她的悲哀，成了我的慰藉。

『總有一天你也會知道，所以，』過了好一會，美雪說：『我要把所有真相告訴你。』

美雪很自然地抓住我的手臂，她的手指微微顫抖著。從街上某處傳來的車子喇叭聲，彷彿很久以前早已滅絕的森林怪獸的咆哮聲，聽起來好不悲涼。

『靜流的病……』她說。

『嗯。』

『她的病是非常奇怪的病，鮮為人知。』

我點點頭。克莉絲汀事務所的人也是這麼說。她們以『罕見疾病』來形容靜流的病。

『可能是她母親的遺傳。』

『母親的遺傳？』

『對，她母親也是死於這種病。』

她這麼一說，讓我想起靜流之前對我說過的話。

（戀愛讓我母親變成了大人——）

後來，她母親生下她八年後就死了。

『她弟弟也是，去年秋天死於同一種病。』

美雪說：『雖然過程不一樣，但是，據說都是同一種病，根源是一樣的。』

『他們都是因戀愛而死？』

聽到我這麼說，美雪屏住氣息，綳緊雙頰，看著抓住我手臂的自己的指尖。明明沒有其他選擇，她卻猶豫著該怎麼回答：應該是因為我的關係。

『是的。』

經過漫長的沈默，美雪說：『第一次戀愛讓她們轉變為大人。她們因為愛而成長、成熟。但是，短暫的青年期一結束，她們就匆匆離開了人世，再也看不到下一個季節——』

『像蜉蝣一樣。』

『嗯，沒錯。』

『六年。』我喃喃說著：『跟我認識後，靜流才短短六年就……』

這樣的人生未免太短了。戀愛的代價竟然是五十年的歲月——

『她本來一直是小孩子的模樣啊，』

為了抑制嘴唇的顫抖，我把手貼放在唇上。

『是我、是我把靜流——』

『喂。』美雪說，意圖打斷我的思緒。

『那不是病，而是一種生存方式。她們就是要這樣活過一輩子。出生、跟著戀愛一起成長，然後結束短暫的生命。我們也不會把蜉蝣的生存方式當成一種病吧？她們也是以她們的生存方式，走完了她們的一生。』

強烈的語氣；強烈的視線。

『人不談戀愛，就活不下去。』

她突然想起似地，補上了這麼一句。但是，聽起來也像是早已準備好的話。

『就算她沒遇到誠人，總有一天也會——』

視線交接，我們彼此凝視了好長一段時間，從來沒有這麼長過。美雪揚起嘴角，想擠出笑容。但是，中途放棄了那樣的嘗試。只有嘗試後的餘韻，殘留在她的臉頰上。

『妳說得沒錯，』我說：『也許是這樣。』

現在我只能這麼回答，我不能把我的負擔加諸在美雪身上。

『她弟弟，』我說：『是不是愛上了靜流？』

嗯，美雪點點頭。

『因為這樣，靜流也很痛苦。但是，最後她似乎與自己的想法做了妥協。』

『因為人不談戀愛不能活下去？』

『嗯，是啊。』

我突然想起鮑里斯．維昂的小說《歲月的泡沫》，描述肺部長出蓮花而死的柯媃的故事。帶來死亡的蓮花，與步向死亡的戀愛絕症，看似沒有重疊的地方，但是，同樣都是很不合常理的死法。

我問她：『靜流是什麼時候知道的？』

『她沒確切告訴我是什麼時候。』

美雪說著，撩起了頭髮。

『不過，我想應該是在她弟弟死時，她覺得下一個可能是自己吧。』

或許，早在那之前，早在她離開那棟公寓之前，她就把自己的模樣跟母親重疊在一起了。也或許，早在我們相遇之前。

她的心一直在風雨飄搖中，小小身軀似乎就要被矛盾的思緒撕裂扯碎。所以她才撒謊，推翻前言，改變態度；先追求愛情，之後又逃離愛情。在知道自己的未來後，她以讓給美雪為幌子抽身離去。

靜流是在怎麼樣的心情下一再撒謊呢？想到這一點，我就痛徹心扉。我真愚蠢，竟然沒有察覺到她背後的真相。

『這次的事也是靜流的安排？』

我問美雪，她點了點頭。

『是啊，這是她住院沒多久後提出來的點子。』

『她希望妳幫她演出自己還活著的戲碼？』

『嗯，她在病床上寫了很多信，因為她計畫以後也繼續寄信給你。』

『可是，為什麼呢？』

不管怎麼想，這都是個遲早會被拆穿的謊言。明知這樣，她還是非撒這個謊不可嗎？

『到底為什麼呢？』

美雪說著，將視線拉到了窗外。窗外看不見月亮，但是，地板上有矩形的月影。

『我沒有問過她。不過，她看起來很開心，非常開心——』

忽然間，美雪停頓下來。擤擤鼻子，擦拭著眼眶。

『她病得瘦骨嶙峋，連拿筆都很困難，卻還是——』

說到這裡她再也說不下去了，對我說了聲對不起，就那樣低下了頭。長髮垂落在她臉頰，微微顫動著。我將手搭在她肩上，拉過她的身軀。我們讓傷痛緊相依偎，如同兩個重疊的N字，一起震顫著我們的心。

矩形月影緩緩移動，不久爬上了我們的腳尖。美雪的腳趾頭很小，不由得讓我想起了靜流；那個直到最後都在撒謊的小女孩。

『那些信，』我說：『寄給我，我會等著。』
美雪在我身旁點了點頭。
『只要那棟公寓還在，我就會住在那裡。』
嗯，我會寄給你，她這麼說。
我長長吐了一口氣，用手背擦拭眼睛。
『今晚大概睡不著了。』
『我也是。』
她把垂在臉頰上的頭髮塞到耳後，用食指擦拭著眼眶。
『自從她不在了以後，我一直是這樣。』
好不容易，她的臉上又浮現出了笑容。淚濕的雙頰，染成了緋紅色。
『我要把靜流的事告訴你，因為再也不必隱瞞了。』
美雪說：『她開口閉口談的都是你，一直很想見你。』
『嗯。』
她抬起頭，眺望窗外。
『好漫長的夜。』
像在尋找什麼似的，她直直仰望著天空，拉出了黑白的影子。
『我要跟你說很多，』她說：『關於靜流的事。』

＊

櫃台接待人員是個年輕白種女性。目光一接觸，她就笑臉迎人，做出請進的手勢。

時間是晚上六點多，除了我之外，沒有其他人。她的朋友們，應該都在白天來看過了。我寧願這樣，因為我不想從不認識的人口中，聽到關於靜流的事。

直立隔板將畫廊隔成了好幾個房間。第一個房間展示著六件作品，全是黑白構圖。參觀路徑的第一面牆上掛著一個牌子，上面寫著『fluke』，大概是代表整個房間的主題吧。

fluke——偶然的幸運。果然像她的風格，是有所忌諱的表現法。她要說的是，她靠的不是技巧而是幸運。

那是小孩子們的笑容。有盎格魯撒克遜裔、非洲裔、拉丁裔、亞洲裔的孩子們的笑容。什麼事那麼好笑呢？什麼事那麼快樂呢？孩子們都張大嘴，露出了最燦爛的笑容。盡是這麼快樂的照片，快樂到讓人看得都不禁想跟著一起笑。她一定有她的祕訣，否則孩子們不會笑得這麼毫無保留。還有些孩子笑得全身扭曲，活像有一千隻手在他身上搔癢。看著他們前牙脫落的縫隙，我彷彿連咯咯咯的笑聲都聽到了。

背景是紐約各式各樣的景色，有巷子、百老匯、哈得遜河河畔，還有中央公園的綿羊草原。

下一個房間也是單一顏色，寫著『fluke II』。

我想這些應該是她最初拍的法國偏遠郊區風景。照片上也一定看得到人物，有曬衣服的女性、耕種的老人、伸出手來好像在說『不要拍我』的亞洲系女性；我想這個人應該是克莉絲汀。她展現出極為親密的笑容，從照片可以看出，她對拍攝者完全敞開了胸懷。想必是很幸福的一段邂逅吧。

也有看似在美國拍攝的作品，例如背對荒野之月，圍繞營火的男孩們、街上的勞工、看著螢幕的工程師。從強烈的個人觀點拍攝的照片，張張都像照出她內心深處的鏡子。我可以感覺到，她按下快門那一瞬間的心境。

下一個房間的作品傾向，整個變了樣。牌子上寫著『myself』，如名稱所示，陳列著她個人的肖像照。

從第一張開始，靜流就深深吸引了我。這是她給我的私人信函；是愛的表現，是愛的訊息。

超越時空，我們面對面，彼此凝視著對方。

她站在鄉間小路中央，洋裝裙襬被風吹得婆娑起舞，她用柔和的視線看著相機。這張應該是在法國拍的，跟我最後見到的她沒有改變多少。她摘下了眼鏡，長髮隨風飄曳。

嘴唇微微張開，好像要說些什麼。

那模樣勾起我的思念，讓我產生錯覺，以為聽到了靜流的聲音。

我彷彿聽見她喚我的名字『誠人』，於是，我豎耳傾聽。但是，照片中的她，還是好像要說些什麼的姿態，停格不動；話語永遠傳不到我耳中。

我輕輕甩甩頭，走向下一張。

第二張是室內照。她穿著背心內衣跟內褲，擺出強調胸部的姿態，意圖以此作為成長的見證。長髮貼在臉上，看起來極為煽情。我徹底感受到她的變化。充滿女人味的線條明顯了，五官輪廓也不一樣了。怎麼看都不像靜流，倒像是看著她的姊姊。

穿著白色棉布內衣時的靜流不見了。取而代之的是，散發光澤的絲質背心內衣、內褲裡的下腹部柔和曲線，以及製造出起伏效果的陰影。

她成長了，成熟了。

愛情就是這麼一回事。接納異性，為孕育愛而蛻變成大人。所有生命都是這樣交到我們手上，再由我們傳承下去。

然而，如此豐滿的肉體，卻無可委身之處，只能孤芳自賞，是個感傷的結束。越是豐滿越是悲哀的肉體，呈現在我眼前。

第三張也是在某棟公寓的房間內。從窗戶可以看到紐約摩天大樓，所以，應該是在很高的樓層。她倚靠著窗戶，用夢幻的眼神對著相機。即便沒有比對物，還是可以看出她長高了不少。已經是個無懈可擊的女人，而且充滿魅力。穿著寬鬆的針織上衣，修長的藍色牛仔褲。如果是在這個時候第一次見到她，我恐怕會心生膽怯，不敢跟她說話吧。她似乎已經習慣了自己的身體，舉手投足都自信十足，再也看不出以前的笨拙。

不過，還是令人難以置信。短短三年的歲月，竟然可以將她改變至此。要說是病，卻又充滿了生命力，以及強而有力的蛻變。她以未來應有的時光為代價，讓自己發光發亮，燦爛奪目，高聲歌頌著生命的奇蹟。

下一張照片，是給我的更真切的呼喚。她在說：『喏，你看吧。』

她穿著胸口大敞的禮服，就是那種『胸部呼之欲出的衣服』。簡潔的禮服，更凸顯出她的線條陰影。豐滿的胸部與纖細柳腰、飽滿的臀部以及從那裡延伸而下，有著結實肌肉的大腿。她撩起長髮，用挑逗的眼神看著我。她說得沒錯，男人不可能對她視而不見。

仔細看，會發現她的表演細緻入微。

例如，禮服的肩帶微微垂落下來、沒紮好而散落的頭髮黏在嘴唇上、畫得不匀稱的眉毛曲線。

但是，具體而言，那些都只能用來佐證這張照片所下的工夫而已。

因為不管呈現出多性感的色調，靜流的嘴巴還是銜著那片甜甜圈餅乾。

最後一張照片，我不用看也知道是什麼。

是一直沒拍成的裸體照，她以自拍的方式留給了我。

她坐在床上。背對相機，橫坐在波浪般扭轉翻攪的床單中，轉過身子，注視著鏡頭。左手放在床單上，用右手手掌撐起左邊的乳房。這樣的姿態，讓我想起母親餵嬰兒喝奶的模樣。

她的意圖很明顯，是在對我展現胎記已經消失的光滑屁股，以及柔軟的胸部。而且，把這兩樣東西完美地呈現在同一張照片裡。光滑的屁股，看不到任何胎記的痕跡；是個沉甸甸的豐滿屁股。沒有任何疤痕的光滑背部，有著美麗的背骨線條，以及肩胛骨的凹陷。軟綿綿的乳房，眼看著就要從手掌溢出來了。

她看著鏡頭的眼睛在對我說：

『怎麼樣？真的是繽紛盛開的花朵吧？每個地方都很驚人吧？看仔細，這就是我哦。』

所以，我聚精會神看著她的乳房與臀部。為了永遠不忘記，我連細部都沒放過，用相機般的眼睛，將她深深烙印在心中。她的胸部、她的腰，我絕對不會忘記。我要把活生生的靜流埋藏在心底，讓我每次想起她都還會臉紅心跳。

（太棒了，靜流。）

我在心中對她說。

（真的太驚人了，青澀純情的我都快眼冒金星了。）

相片裡的她，笑看著我。

最後一個房間是『memory』。

第一張是邂逅。

作者欄上寫著『by makoto segawa（by 瀨川誠人）』。那是我替靜流拍攝的第一張照片。我知道她帶走了一些底片，但是，沒想到會在這種地方再看見。

車子來來往往的國道。從那條斑馬線離去的靜流的背影。跟前面那個房間裡的她比起來，稚嫩得驚人；原來，以前的她是如此瘦小啊。

一頭率性的短髮和灰色長罩衫。顯得僵硬不自然的姿態。

從那次邂逅到現在，經過了六年的歲月。我無法接受這樣的事實。看到對著來來往往的車子，昂然舉起手來的靜流，彷彿還只是幾天前的事。那六〇％的笑容、遠視眼鏡後的一雙大眼睛、吸著鼻子的模樣；竟然與現在相隔六年了。

猝然，驚濤駭浪般的強烈情感再次湧上心頭。

好想回到這個時候。好想從這個地方再來一次。當朋友就好，不，只要能遠遠地感受到她的存在就好，我想一直看著她。不能跟她說話也沒關係，她不知道我這個人也無所謂，要我一輩子單戀她也行，我只要她活著。這次我一定會處理得很好，不會讓事情變成這樣——所以，我希望時光能夠倒流。

淚水霍然衝到眼眶，我張開嘴，輕輕吐出一口氣，靜待高漲的情緒逐漸平緩下來。察覺房間有人，我趕緊用襯衫袖子擦拭眼角。

『好可愛的女孩。』

一個嬌小的老婦人站在我旁邊。她有一頭漂亮的白髮，戴著玳瑁框眼鏡，手上提著老舊的皮包。

『這張照片，』我回應她似的說：『是我拍的。』

對我含淚的聲音，她顯然毫不在意，像小鳥般點著頭。

『她是我的戀人。』

聽我這麼說，她一副想當然爾似地對我為微微一笑。

『我就知道，這是戀愛中的女人的照片。』

對，這是我們的戀愛寫真。她說過，在邂逅的這一瞬間，她就愛上了我。背對著相機離去的女孩，在那一刻已經墜入了愛河。所以，我才能拍出如此幸福的背影。

我跟著老婦人一起向裡面移動。她的腳似乎有些不方便，走得很慢。每前進一步，她的喉嚨就會發出咕咕怪聲，好像年老的鴿子在走路。

下一張，是走在校園主要道路的靜流。

在沒有人的空間裡，她自得其樂的踩著步伐；屬於她獨特而原創的步伐。

『哎啊，好可愛。』老婦人說：『你的女朋友真的很可人呢。』

我嗯嗯地猛點頭，乾咳了好幾聲後，向她說明：『我還記得很清楚。』

我專注地看著照片，但是，她的身影還是迷迷濛濛地忽隱忽現。

『那之後，我們坐在沒有其他人的學生餐廳交談，就那樣成了朋友。她吃甜甜圈餅乾吃得很好吃的樣子；看起來真的很好吃。』

嗯，是啊，老婦人應和我說：『我也很喜歡甜甜圈餅乾，我兒子們常常烤給我吃呢。』

記憶漫無止盡地復甦——嘶啞的聲音、僵硬不自然的笑容、收在口袋裡的一大疊面紙。

接著，是黎明前在國道翩然起舞的她，舞動得好幸福；眼睛閃爍著對生命的喜悅。

老婦很開心的拉開嗓門說，哎啊，好像『Abby Road』的唱片封面哦。

『你知道嗎？』

『嗯，我知道。就是披頭四的保羅手拿香煙，光著腳走路那張照片。』

『沒錯，我大兒子很喜歡那張唱片，常常聽呢。』

她用出乎我意料之外的纖細美麗嗓音，哼唱著『噢！達令。』繼續往前行進。這次我沒有聽到咕咕的聲音。

接下來的照片，讓我有點震撼，因為上面的人物就是我自己。

應該是靜流拍的，我從來沒看過這張照片。

『是你呢。』老婦人顯得很興奮。『拍得真好。』

是我坐在床上閱讀文庫本的樣子。由角度來看，應該是從餐廳拍的。我已經很習慣客廳裡有靜流的存在，所以，沒注意她在做什麼，全副精神都投入在文庫本上。這張照片上的我，沒有察覺那是多麼脆弱、虛無的瞬間。我一直相信，她待在我身旁是很理所當然的事，這種日子會永無止盡地延續下去。她以柔和的視線，將我拍得如母親懷中的孩子般陶然忘機。

『那時候好快樂……』

我喉嚨哽塞，只能擠出沈吟般的聲音。

『真的每天都好快樂，跟她的生活太快樂了，我從來沒想過會有結束的一天，卻那樣失去了她，怎麼會——』

我一時語塞喑啞，老婦人撫摸著我的手背，用比我更小的聲音喃喃說道：『大家都是這樣，大家都是。』

她說，大家都是這樣走過來的。儘管別離總是比想像中來得早，大家還是會笑著說：再見，後會有期了。再見，改天某處再見。

我緊閉雙唇，淚眼迷濛地看著她。

『只要想著她，』老婦人說：『總會有再見的時候，不是嗎？』

我吞嚥淚水，繃緊雙頰，點了好幾次頭。

在她的牽引下，我們繼續往前行進。

那幅畫，就掛在畫廊最深處的那一道牆上。

靜流幸福的表情，緊緊扣住我的心弦，讓我停止了呼吸。

是森林中之吻。在七度灶樹下、水池畔、細雨中，我們濕淋淋地擁吻著。

我的手從她背部環抱著她，她的手纏繞在我脖子上。當時我沒注意到，她的手上戴著珠子手環。

兩人的頭髮濕得閃閃發亮。她臉頰那一片濕，不是雨，而是淚水的沾濡。她閉上眼睛，想把所有人生都投注在這一瞬間；把所有感情都放入這個吻中；把自己永遠留在這個地方——這個隱喻的天堂。

（我很慶幸能誕生在這世上——）

美雪告訴我，這是靜流最後說的話。

（我很高興我生為我，而不是其他人。）

（跟誠人相遇，我經歷了最美好的愛情。原本，單戀我就很滿足了，沒想到可以彼此心靈相許，對我來說，這樣的人生太奢侈了。）

（所以，我會帶著那個森林之吻的滿滿回憶，笑著靜靜離去。唉，不要難過嘛。因為，總有一天，我們還會在某處相見。只是在那之前，先暫時說聲再見囉——）

『我以前說的話，你還記得嗎？』

我回過頭，發現老婦人已經不見了，站在那裡的是美雪。

『我曾經說過，你手中掌握著一人份的幸福。』

我點點頭說，我記得。

『我跟你說過，這世上的某個角落，有個女孩等待著這份幸福。』

我又點了點頭。

『她，』美雪用溫柔的眼神看著照片中的靜流。『已經收到了吧。』

我的眼睛循著美雪的視線，望向照片中的靜流。

閉著眼睛，手臂纏繞在我脖子上的靜流。傾著頭，抬起下顎，恣意地啄著我的嘴唇。

她——這一瞬間的靜流，看起來比全世界任何人都幸福。而給她這份幸福的人，無疑就是我。

『靜流……』我說。『她也給了我。』

是啊，美雪笑著說。

與靜流接吻的我，臉上也洋溢著同樣的幸福。在雨中的天堂，我們給了彼此世界上最美好的吻。

照片下面寫著主題名稱。

『It was the only kiss, the love I have ever know……』

此生唯一的吻，唯一的戀情——

淚水沿著臉頰，滑落下顎。我茲茲吸著鼻子，對美雪說：

『我好想靜流。』

她也流著淚。

『是啊，我也是。』

『總有一天，一定會——』

『嗯，一定可以在某個遙遠的地方再見。』

所以，在那之前——

我點著頭，一次又一次。

美雪悄悄把手帕遞給了我。

＊

我收到了明信片，是印有古老洋式建築的風景明信片，上面密密麻麻擠滿了她寫的小字。

嗨，你好嗎？我好得很。現在，我在伊利諾州的蓋茲堡。我是為工作而來，不過，這個城市真的很不錯哦。處處綠意盎然，人們也很和善。還記得傑克・芬尼的小說吧？如書中描述，這個城市還保存著很多十九世紀建築的房子。雖然小，還是有歌劇院，是可以品味歷史的城市。誠人也很喜歡那本小說吧？好想跟你手牽手，散步在異國街上。那種感覺一定很棒，讓我們邊走邊親吻吧。我們頭上，會有小鳥鳴叫著『梅爾庫魯狄、梅爾庫魯狄！』喂，你知道嗎？我很喜歡你接吻的方式呢。那一天接吻後，你對我說，今晚來喝酒吧；還說，做『晨曦風味菠菜炒肉』來慶祝。然後，你說你先回去，要我也快點回去——

喂，你相信嗎？從那天起到現在，已經過了整整三年，我竟然讓你等了這麼久。

但是，快了，我就快回到你身邊了。所以，等我哦，這次我一定會回到那個房間，再也不離開你了。不管你多不情願，我都要緊緊抓著你不放，可以嗎？

差不多了，已經沒地方可寫了。（虧我寫得這麼小！）
我會帶著與你見面的期待，度過充實的每一天。還有，我會再寫信給你。
所以，在見面前，先暫時說再見囉——
這世上，沒有人比我更愛你。

靜流

本書是作者從二〇〇三年六月於日本上映的電影『戀愛寫真Collage of Our Life』的劇本取得靈感，全新創作之小說版原創作品。

國家圖書管出版品預行編目

戀愛寫真 / 市川拓司 著；涂愫芸 譯. --初版.--臺北市: 平裝本. 2005〔民94〕 面；公分
（平裝本叢書；第196）（@小說；08）
譯自：恋愛写真 もうひとつの物語
ISBN 957-803-540-3（平裝）
861.57 94013117

平裝本叢書第196種
@小說08

戀愛寫眞

作　　者—市川拓司
發 行 人—平雲
出版發行—平裝本出版有限公司
台北市敦化北路120巷50號3樓
電話◎02-27168888
郵撥帳號◎18999606號
香港星馬—皇冠出版社(香港)有限公司
總 代 理　香港灣仔告士打道88號19樓
電話◎2529-1778　傳真◎2527-0904
出版統籌—盧春旭
出版策劃—龔槵甄
責任編輯—林吟芳
美術設計—游萬國
印　　務—林莉莉・林佳燕
校　　對—鮑秀珍・邱薇靜・林吟芳
版權負責—莊靜君
外文編輯—李佳姍
行銷企劃—江孟穎
著作完成日期—2003年
初版一刷日期—2005年8月

讀者服務傳真專線◎02-27150507
皇冠文化集團網址◎www.crown.com.tw
@小說網站◎www.crown.com.tw/atfiction
電腦編號◎435008　ISBN◎957-803-540-3
Printed in Taiwan
本書定價◎新台幣220元/港幣74元

讀者回函卡

『@小說』是平裝本專為讀者設計的書系，感謝您購買本書，只要將本卡填妥後寄回(免貼郵票)，就可不定期收到我們的新書資訊，並且我們會將您的意見匯整起來，提供您更多好看的小說！

⊙您購買的書名是：《戀愛寫真》

1.請針對下列各項目為本書打分數

	5	4	3	2	1
A. 內容題材	□	□	□	□	□
B. 封面設計	□	□	□	□	□
C. 字體大小	□	□	□	□	□
D. 編排設計	□	□	□	□	□
E. 翻譯品質	□	□	□	□	□
F. 印刷裝訂	□	□	□	□	□

2. 您購買本書的動機？

□封面吸引 □書名吸引 □內容題材 □作者知名度
□廣告促銷 □其他

3. 您從哪裡得知本書的消息？

□書店 □報紙廣告 □皇冠雜誌廣告 □書評或書介
□親友介紹 □ 其他 ________

4. 您通常以哪些方式購書

□逛書店 □劃撥郵購 □信用卡訂購 □團體訂購
□網路購書 □其他 ________

5. 您喜歡哪種類型的小說？

□愛情 □科幻 □推理 □奇幻 □其他 ________

讀者資料

姓名：　　　　　生日：____年____月____日

性別：□男 □女

職業：□學生 □軍公教 □工 □商 □服務業
□家管 □自由業 □其他 ________

通訊地址：□□□ ________________________

____

連絡電話：(公)________ 分機 ________ (宅)________

e-mail：________________

◎請沿虛線剪開、對摺、裝訂後寄出。

您對本書的其他意見：

◎請沿虛線剪開、對摺、裝訂後寄出。

北區郵政管理局登
記證北台字1648號
免 貼 郵 票
〔限國內讀者使用〕

105
台北市敦化北路120巷50號
平裝本出版有限公司　收